N° 40 Les Romans Populaires 20c

M.-J. PINET

Jacques II

5 RUE BAYARD · PARIS

COLLECTION DES ROMANS POPULAIRES

Jacques II

PAR

M.-J. PINET

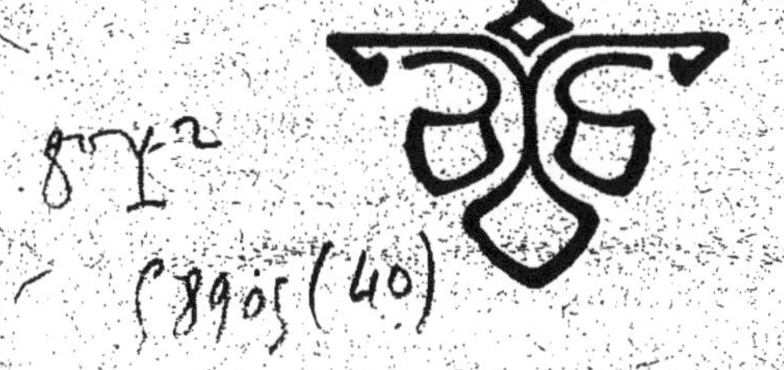

PARIS, 5, rue Bayard, PARIS

JACQUES II

I

— Trente!

— Trente-cinq!

— Trente..... six!

— Trente-six..... Trente-six..... Quarante!

— Que je respecte.....

— Moi aussi.

— Atout?

— Atout : pique!

— C'est bon..... Atout-pique..... A toi de jouer, Célestin.

Célestin Mayeul passa sur son front rugueux sa large main aux doigts de travailleur, repoussa un peu sa casquette en arrière, puis la ramena en avant, puis retira, de l'éventail de cartes qu'il tenait à la hauteur de ses yeux, un dix de cœur.

L'un après l'autre, il regarda malicieusement ses compagnons. Tous deux le dépassaient presque de la tête.

Lui, il était bâti tout en largeur. Quelle belle carrure il avait! Comme il paraissait solide, avec sa tête un peu enfoncée entre ses robustes épaules, ses cheveux drus, à peine grisonnants, ses grosses moustaches qui barraient d'un trait noir son teint couleur de [illegible] et un peu vernissé!

Le compagnon de droite, osseux et serré dans son veston de

dimanche, était coiffé d'une casquette plate dont la forme rappelait celle des invalides. Ses cheveux, dont on voyait quelques mèches rares vers les tempes, ses moustaches, sa barbiche — une impériale, — étaient d'un blanc de neige, d'un blanc différent du blanc de son teint de cire.

Le compagnon de gauche avait une stature de saint Christophe. Sur des joues fortement colorées s'étalaient des favoris grisonnants. Ses bons yeux timides ôtaient toute envie d'avoir peur de ce géant.

Les trois compagnons, sérieusement attentifs, continuaient leur manille.

Cependant, dans la vaste salle du *Soleil d'Or*, dont Célestin Mayeul était propriétaire, le soleil du bon Dieu — un soleil d'octobre, tout fier de jouir de son reste — caressait tendrement les tables carrées, massives et reluisantes, les chaises de paille à dossiers courts rangées contre les murs comme des soldats pour la parade, et le régiment docile des bouteilles placées sur une table qui faisait fonction de comptoir.

Le colonel Soleil pouvait passer sa revue. Pas un grain de poussière n'était égaré dans la pièce où il entrait, comme chez lui, par la porte vitrée et les quatre fenêtres, deux sur chaque face! L'auberge du *Soleil d'Or* est à l'intersection des deux routes dont l'une traverse et l'autre contourne Saint-Gilbert.

Sur les murs, tapissés d'un beau papier brun à fleurs jaunes, quatre chromos, quatre « cadres » représentent des natures mortes vraiment impressionnantes pour des convives : tranches de melon à chair rosée, coupes de Champagne mousseux, raisins, pommes et prunes, dignes de la terre de Chanaan. Alternant avec les chromos, des réclames d'Oxygénée-Cusenier et d'autres boissons dressent leurs lettres dorées et leurs grosses bouteilles.

Par la porte vitrée qui fait communiquer la salle avec la cuisine, malgré les rideaux de mousseline appliqués contre les carreaux, on voyait s'agiter deux ombres.

De la place venaient des cris de gamins, joueurs de billes ; de la cuisine, le ronron continu de deux voix de femmes.

La partie, entre les trois compagnons, commençait de s'animer quand la porte extérieure fut ouverte. Un homme petit, mince, menu, entra. Il entra lentement, referma avec un soin exagéré la porte de l'auberge, s'avança à pas comptés, tenant à deux mains, derrière son dos, sur sa blouse noire, son chapeau de paille. Il paraissait uniquement préoccupé de faire le moins de bruit possible.

Les trois compagnons l'avaient salué diversement :

— Bonjour, Gaudry!

— Bonjour, Pierre!

— Bonjour, mon vieux!

Lui, tendit la main à chacun, en répondant à mi-voix : « Bonjour, bonjour! » comme s'il y avait eu un mort dans la maison.

Il alla chercher deux chaises : une pour son chapeau, une pour lui-même.

C'était un homme d'ordre, c'était Pierre Gaudry, le chantre et sacristain de Saint-Gilbert.

Il dit, lorsqu'il fut confortablement installé :

— Eh bien, ça marche, la partie?..... C'est toi qui gagnes, Célestin?

Mais pas plus fort que tout à l'heure.

— On verra, on verra, repartit l'autre..... Jusqu'à présent, c'est moi, mais la chance peut tourner. On ne sait pas.

— Non, on ne sait pas, vieux farceur!

C'était le compagnon de droite qui parlait.

— Vieux farceur!..... J'ai beau changer ma chaise de carreau, la guigne ne sortira pas de mon jeu, ni la chance de chez toi.

— La chance?..... Hum! La chance au jeu quelquefois.....

A cette concession de Célestin, le compagnon de gauche — manière de saint Christophe — ajouta :

— Et en ménage, par-dessus le marché!

Le petit homme à voix contenue :

— Et en affaires pour que la bonne mesure y soit!

Enfin, le porteur d'impériale :

— Et dans ses enfants pour que sa chance lui survive!

Célestin Mayeul, accablé de prospérités, secouait sa grosse tête à grosses moustaches :

— Ta, ta, ta! Tout ça, c'est bon à dire!

— Et meilleur à tenir!..... Mais je veux payer quelque chose pour qu'on boive à ta chance et à ta prospérité, mon ami! Qu'est-ce qu'on boit?

Le compagnon de gauche avait parlé d'or. L'aubergiste était déjà près du régiment de bouteilles.

— On boit de ce petit Pommard. C'est moi qui l'offre. Vous me direz ce que ça vaut.

Il apporta quatre verres à pied. Il les apporta dans la même main, en homme du métier qui ne se sert pas de plateau, et versa avec recueillement le beau liquide qui fait en coulant un glouglou joyeux.

Quand ce fut au tour du sacristain, celui-ci eut un geste d'effarement pour arrêter le geste de Célestin Mayeul.

— On sort de chez Lorin, dit-il.

— Tiens! C'est vrai..... Lardet vous a menés chez son cousin..... Ça n'a pas été long.....

— Peuh! s'exclama le sacristain, ils y sont encore..... Ça boit, ça mange, ça ne pense pas plus à la mort!

Le petit homme venait de chanter à un enterrement et, selon la coutume du pays, les enfants de la défunte avaient offert le manger et le boire à la parenté, au sonneur et au chantre.

Celui-ci, bien qu'il assistât, depuis quarante ans, aux cérémonies funèbres, s'habituait mal à l'indifférence de certains quand s'en vont les vieux.

Et voici que lui, le chantre, et les trois joueurs de manille semblaient avoir oublié leur jeu et leurs verres. Ils pensaient à la défunte et surtout à la terrible camarde qui nous attend tous au détour du chemin, peut-être demain, peut-être aujourd'hui.....

Cette pensée, toujours un tantinet angoissante, se cachait sous les habituels commentaires :

— Vous l'avez donc enterrée, cette pauvre Benoîte?

— Elle a été bientôt morte.

— Ma femme l'avait rencontrée à la rivière, il y a huit jours, drue comme à quarante ans.

— Ah! On est vite abattu à ces âges-là!

— Hein? Vite abattue? cria en se redressant l'homme à l'impériale. Benoîte Lardet est née en 36, un an après moi..... Nous avons communié ensemble. Ça, je m'en rappelle comme d'hier. C'était en 47. Nom d'une giberne! Si on n'est pas encore solide à mon âge, ce n'est plus la peine de vivre. Abattez-moi comme un vieux cheval.

— Ne te fâche pas, Lefort. Tu portes gaillardement ton âge..... et ton nom.

— Moi, voyez-vous, j'irai jusqu'au bout de ma vie sans broncher. Oui, je suis solide. Mais quand vous me verrez sur le flanc pour cause de maladie, vous pourrez dire : C'est la première, mais aussi la dernière, il est fichu!

— On ira d'abord chercher un médecin, proposa Célestin.

— Non, pas besoin de médecin pour mourir! J'ai occupé les majors au Mexique et en Italie. On est content de les trouver pour panser proprement une entaille un peu longue ou pour aller chercher un grain de plomb quand on s'est fait trouer la peau, mais, quand vous verrez que j'ai mon compte, pas de médecin, vous dis-je! Pour m'aider à passer convenablement l'arme à gauche, qu'on m'amène plutôt mon curé!

— Si je ne pars pas le premier, tu peux compter sur moi, déclara solennellement le sacristain.

— Entendu! Ensuite, tu chanteras à mon enterrement. Ta

voix est un peu rouillée, mais elle ne conviendra que mieux pour le mort.

— Tu n'as pas fini de nous parler de ça! soupira l'aubergiste.

— Dis donc, Célestin, est-ce que tu aurais peur de la mort? Moi, je l'ai souvent regardée en face. Elle n'est pas si laide que tu penses. Et puis, parler d'elle, ça ne la fait pas venir plus vite. La gueuse est sourde, apparemment. Sérieusement, je tenais à vous le dire : Quand elle me fera signe d'entrer dans la danse, je ferai volontiers un bout de causette avec mon curé..... Mais pas avant..... Inutile qu'il y compte, tu entends, Gaudry : ne viens pas me casser les oreilles!..... Je ne suis pas dévot un brin, mais je tiens à astiquer mon fourniment pour paraître devant le grand Juge..... C'est compris? Rompez!

..... Le vieux soldat et ancien gendarme qu'était Jacques Lefort n'admettait pas de réplique.

Les trois hommes gardèrent un moment de silence. Soudain survint Lazarette Mayeul.

Le ronron de la cuisine avait cessé parce que la bonne de M. le curé s'en est allé préparer le repas du digne homme, et Lazarette venait voir ce qui se passait dans la salle, savoir, par le sacristain, quelques détails sur la famille de la défunte.

La femme de Célestin frisait alors la soixantaine. Ses rides et sa bouche édentée l'attestaient. Cependant, quelque chose était demeuré en elle de ses printemps enfuis.

Lazarette ne portait point de bonnet, comme la plupart des femmes de son âge dans le pays. Elle mettait, lorsqu'elle allait en ville, une belle capote à fleurs rouges. Chez elle, elle n'avait rien sur ses cheveux grisonnants qui frisottaient comme avaient frisotté jadis ses cheveux blonds.

Dans cet autrefois qui remontait à cinquante ans, sa chevelure lui avait valu le surnom de Frisette. Et, maintenant encore, Célestin ne l'appelait que mère Frisette.

Lui, il était connu sous une singulière appellation : « Ça

travaille », à cause d'une réponse qu'il avait coutume de faire toutes les fois qu'on lui demandait de ses nouvelles.

Le père Ça-travaille et la mère Frisette étaient mariés depuis près de quarante ans. Et depuis, il aurait fallu voir comme « ça avait travaillé »!

Célestin était menuisier, ébéniste, habile ouvrier et travailleur comme point, travailleur à passer des nuits devant son établi pour varloper, scier, coller, clouer, mesurer, calculer, combiner, que sais-je?..... Ça travaille!

Et ma mère Frisette se démenait dans l'auberge. Le *Soleil d'Or* était son royaume. Le dimanche, Célestin aidait ; les jours de foire, on prenait une servante. Passé cela, Lazarette se trémoussait devant l'aube et longtemps après le soleil couché. Couturière « de son métier », elle trouvait encore le temps de coudre pour ses voisines.

C'était, chez tous deux, un amour du travail un peu enragé. Trop est trop..... Il est vrai qu'ils étaient dotés, l'un et l'autre, de ces santés de fer qui sont si rares sur le marché présentement.

Vous pensez qu'avec une semblable activité à laquelle se joignaient l'ordre, l'économie et le savoir-faire, les écus devaient s'entasser dans le bas de laine du père Ça-travaille. Eh bien! ils ne s'y entassaient pas du tout, et, après quarante ans de cette presse continuelle, Ça-travaille et mère Frisette avaient encore besoin de travailler.

Bizarre! direz-vous. Mais non, très naturel. Les Mayeul avaient un fils, un fils unique..... et, ma foi, je ne saurais vous dire où il logeait les beaux écus, mais comme il en savait bien la place!

Notez que c'était un très bon fils et qui travaillait..... de race..... Pourtant, ce que le père Mayeul en avait fourni, à « mon fils Auguste », depuis qu'il l'avait mis au collège!..... Et Ça-travaille ne savait pas tout ce que maman Frisette avait ajouté, notamment pendant les années d'études, à Paris.

Célestin Mayeul avait rêvé un fils étudiant. Il faut bien un peu payer ses rêves.

Toutes les fois qu'il allait à Virelay, au chef-lieu de canton, il entrait chez M. Lartaud, le pharmacien, histoire d'acheter des pastilles, au besoin. Il trouvait toujours une petite raison pour causer un peu avec M. Lartaud.

— M. le pharmacien est un si brave homme, un homme instruit qui en sait long sur vos maladies, mais qui n'est pas fier. Il gagne de l'argent de quoi doter richement ses trois filles..... Ça travaille, quoi!

Célestin Mayeul ne destinait pas son fils Auguste à triturer de la colle forte sur le poêle de sa boutique, il aimait mieux l'imaginer filtrant des sirops, dans un laboratoire.

Il s'était donc copieusement renseigné sur les études de pharmacie, au point de vue temps et finances, chez M. Lartaud.

Seulement, des rêves des pères aux réalisations des fils, il y a loin.

— Mon fils Auguste, reçu bachelier, fit entendre à papa Ça-travaille qu'il n'avait aucun goût pour la chimie, surtout organique ; que son stage ne se ferait pas chez M. Lartaud, pharmacien, mais chez M. Rivel, notaire ; qu'enfin ses études seraient des études de droit.

Malgré son amour pour les bocaux rangés en ligne, comme les bouteilles de son comptoir, Célestin Mayeul s'était incliné. « Mon fils Auguste » ne lui donnait que la moitié de son rêve. C'est déjà joli.

« Mon fils Auguste », ayant fait ses études de droit et dépensé beaucoup d'argent, avait acheté l'étude de maître Rivel, et puis il s'était marié. Il était allé chercher une femme au chef-lieu du département, dans le quartier de la préfecture, sur l'indice qu'on lui avait donné qu'il trouverait là une dot agréable.

Ça-travaille et mère Frisette avaient l'ambition bien légitime d'une dot de cinquante mille francs. Leur fils en épousa quatre-vingts mille et prit en sus une jeune femme élégante. Il n'y eut pour eux qu'une petite ombre au tableau. On s'arrangea de façon à ce que le père Ça-travaille et la mère Frisette ne parussent pas à la cérémonie, — un simple lunch.

Depuis, la notairesse les recevait une fois l'an, bien à l'abri de ses invités habituels. Elle n'avait jamais mis le pied au *Soleil d'Or*. « Mon fils Auguste » venait seul, de temps en temps, embrasser père et mère.

...... Comme Lazarette essayait de ranimer la conversation un peu dormante entre les quatre compagnons, deux jeunes hommes vinrent les rejoindre, deux jeunes hommes qui avaient une allure de citadins élégants..... Autant « mon fils Auguste ». C'étaient Jacques II Lefort et Paul Dubois.

Jacques Lefort, que son grand-père appelait Jacques II, était un grand garçon pâle d'une vingtaine d'années qui paraissait avoir poussé trop vite. Il avait de son grand-père la taille élevée et la remarquable maigreur, mais point, comme lui, les yeux clairs, tels une lame d'épée neuve, ni le menton pointu que prolongeait encore la barbiche blanche. Malgré ses yeux noirs aussi doux que des yeux de femme, nul n'avait jamais dit de lui : le joli garçon! Ces yeux fréquemment voilés par les paupières aux longs cils, et les lèvres souvent fermées par un silence obstiné lui donnaient un air de jeune moine que contrariait un peu une mèche de cheveux très noire et toute droite qu'il repoussait souvent, mais qui revenait toujours sur son front mat.

L'ancien gendarme présentait aux hôtes du *Soleil d'Or* le camarade de son petit-fils :

— M. Paul Dubois, le grand ami de Jacques II.

— M. Dubois, le fils de ce M. Dubois qui était dans la serrurerie? interrogea Mme Frisette.

— Oui, Madame,.... qui était..... qui est encore pour quelque temps, jusqu'à ce qu'il me cède définitivement la maison.

— Pas vrai?..... Je vous croyais notaire. Ce n'est donc pas vous qui avez été clerc avec mon fils Auguste?

— C'est moi-même. J'ai passé trois mois à l'étude Rivel. Mais le métier ne m'allait pas. Je suis revenu à la forge.

Les Mayeul ouvrirent de grands yeux afin de mieux voir ce spécimen étrange d'humanité : un garçon pour qui ses parents avaient fait, comme eux pour leur fils Auguste, la dépense du collège, un garçon qui était bachelier comme leur fils Auguste et qui avait pris fantaisie de revenir à la forge de son père!

Il avait, malgré sa déchéance, l'aspect d'un « monsieur ». Lazarette admirait ce beau garçon, moins grand que Jacques II, mais beaucoup plus étoffé. Avec son teint aux reflets cuivrés, il faisait paraître plus pâle encore le petit-fils du soldat.

..... Cependant, Jacques Lefort continuait ses présentations. Il avait commencé par les Mayeul parce que maîtres du lieu ; il continuait :

— Pierre Gaudry, né en 47, hein?

— Oui, en 47.

— Un vieux qui n'a jamais été de la vieille. Brave homme tout de même..... sacristain de Saint-Gilbert et tailleur d'habits depuis toujours.

— Je vous ai vu et entendu à la messe, ce matin, Monsieur le sacristain ; je suis content de vous retrouver.

— Ah! Vous l'avez entendu, ce matin, Monsieur Dubois..... Ça n'est plus rien! Mais il a bien chanté dans le temps..... à se demander d'où sa voix pouvait sortir..... Et vous en savait-il des chansons, autant que des *oremus!*

— Il avait une basse étonnante, dit Ça-travaille, qui appelait basses toutes les voix masculines, depuis le jour où son fils Auguste l'avait conduit à l'Opéra.

Le petit homme se rengorgea. Il ne sortait pas sa voix pour la simple conversation. S'il avait pu la mettre sous clé, dans du coton, il l'aurait fait. Il dit *mezza-voce* :

— Non, non..... Je n'ai plus qu'une vieille crécelle grinçante..... Je fais ce que je peux ; ça marche tout de même!

Mais Jacques Lefort poursuivait, désignant le colosse :

— Firmin Fayot, né en?.....

— En 52.

— L'année du coup d'Etat..... Quasi jeune homme! Cultivateur, fils, petit-fils, gendre, père, beau-père et cousin de cultivateurs.

— C'est vrai. Tout le monde chez nous est dans la culture. Sur mes huit enfants, j'espère qu'une bonne moitié restera aux champs. L'abbé et la religieuse font leur chemin autrement, Jeanne n'épousera peut-être pas un fermier, mais les autres, tous des terriens!..... Et je m'en fais gloire.

Paul Dubois lui tendit la main :

— Bravo! Il fait bon trouver de vrais enfants de la terre, de ceux qui l'aiment ardemment. Ils se font rares, hélas!

Jacques II desserra ses lèvres minces :

— Il y a bien des causes.....

Jacques Lefort, selon son habitude, interrompit son petit-fils :

— Plus tard, vous parlerez des causes! Vous voyez, Monsieur Dubois, vous n'êtes pas en trop mauvaise société. Jacques II, vous le connaissez, apparemment, puisque vous en faites votre compagnie à Virelay. Pour moi, il n'y a pas de déshonneur à s'asseoir à ma table, comme vous l'avez fait ce matin. J'ai la médaille militaire et j'ai été cité trois fois à l'ordre du jour pour...,. oh! pour pas grand'chose, mais ça fait plaisir tout de même et ça reste dans les souvenirs.

— Mais c'est de la vraie gloire, cela, Monsieur Lefort!..... Jacques m'avait parlé beaucoup de vous et de vos campagnes. Depuis, je désirais vous connaître, aujourd'hui, je m'en applaudis.

— Vous ne voyez plus qu'une vieille bête, Monsieur, mais bien contente de vous recevoir

Lefort, un peu lancé dans son bavardage, se tourna vers ses amis :

— Ce jeune homme, dit-il, — c'est bizarre, mais c'est ainsi, — est grand ami avec les prêtres, et cependant il est de tout son cœur pour le peuple et la République..... Jacques me le disait, mais il m'a fallu voir et entendre pour croire.

Lazarette ayant rapporté deux verres que Célestin avait remplis, l'ancien gendarme leva le sien :

— A la santé des jeunes, cette fois !

— Merci, dit Paul Dubois, et il ajouta : à la santé des nouveaux venus dans la vie, si vous le voulez, mais aussi à celle des anciens et pour que les jeunes les suivent où ils faisaient bien de marcher !

— Même sur le chemin de l'église où l'on vous voit souvent, père Gaudry, dit Jacques II qui heurtait le verre du sacristain avec son verre.

— Je ne me souviens pas d'avoir manqué ma messe..... Si, en 70..... j'ai fait la campagne.

— Et tu ne t'es pas battu, bougonna Jacques Lefort.

— Ce n'est pas ma faute si mon régiment n'a pas donné. Nous arrivions toujours après la bataille..... Je n'ai jamais vu le feu.

— Il n'aurait pas été de trop pour te réchauffer, remarqua Célestin.

— Ah ! ça..... pour avoir eu froid, j'ai eu froid. Je n'étais pas seul, d'ailleurs, des malheureux en sont morts.

— Morts de froid, morts de maladies, morts sur le champ de bataille et à l'ambulance, rien que des morts !..... Quand on a vécu à l'époque, on en frissonne encore.

..... Ils étaient cinq dans cette grande salle d'auberge, qui avaient connu la tragique époque, cinq toujours prêts, même Mme Frisette, à en redire les angoisses patriotiques et surtout les anecdotes locales. Mais quand Jacques Lefort était là, les autres n'avaient qu'à le laisser parler.

Il recommençait toujours avec la même émotion les mêmes récits. Les trois compagnons et Lazarette Mayeul qui les avaient maintes fois entendus les coupaient, chaque fois, des mêmes exclamations. Ce soir-là, Jacques II étouffait des bâillements d'ennui. Il connaissait trop cette scène ; il aurait pu en faire tous les rôles.

Paul Dubois était vivement intéressé par le personnage de Jacques Lefort. Son allure de Don Quichotte n'était pas pour déplaire à ce maître serrurier qui avait des lettres et même une assez bonne plume dont il se servait pour collaborer à une feuille locale.

..... Cependant, comme le brigadier prenait un temps pour respirer entre le combat de Chevilly et celui de Bagneux, Ça-Travaille dit lentement :

— Pareilles choses ne se reverront plus. La jeunesse d'aujourd'hui n'y résisterait pas. Pour les guerres, c'est fini !

Un juron militaire éclata. Célestin Mayeul se retourna tout ahuri vers le vieux soldat. Mme Frisette, qui avait la main sur le bouton de la porte qui va à la cuisine, revint vers les hommes.

Jacques Lefort était debout. Ses joues d'une blancheur de cire s'étaient subitement colorées, le sang injectait jusqu'à ses yeux, ses mains osseuses tremblaient, un peu appuyées sur la table épaisse. Il parlait d'une voix changée, coupante, avec un souffle court. Lui, verbeux d'ordinaire, devenait presque éloquent.

— Mille cartouches! Fini!..... et la revanche! Est-ce que nous n'avons plus de soldats ? Est-ce que nos enfants ne peuvent pas se faire tuer comme nos pères ?... Moi, je ne la reverrai plus, la guerre, la grande guerre, la bonne guerre..... Mais, vous m'entendez, jeunes gens ; suivez Pierre Gaudry à la Messe — je n'en suis pas partisan, mais je n'en empêche pas ; — suivez Firmin au labourage ou Mayeul à l'atelier — du travail, il en faut, travaillez comme eux! — Seulement, quand vous entendrez sonner la charge, laissez à l'église les curés et les femmes..... Allez vous battre et ne revenez pas ou revenez vainqueurs!

Les compagnons de Jacques Lefort ne le quittaient pas des yeux.

Firmin Fayot avait une fierté au cœur qui le faisait redresser sa haute taille. Il était prêt à donner tous ses fils, non sans larmes, mais sans hésitations pour cette tâche sainte.

Pierre Gaudry et surtout Ça-travaille, grands amis de la paix, se sentaient menés par des chemins qu'ils n'aimaient pas fréquenter.

Jacques II, depuis que son grand-père s'était levé pour parler, fixait attentivement l'un des chromos appendus aux murs de la salle.....

Ce fut Paul Dubois qui répondit :

— Vous avez exprimé notre intention, mieux notre désir, à nous qui avons foi toujours dans la patrie française. Vous l'avez dit : je suis du peuple et je l'aime. L'ouvrier doit faire valoir ses droits, ses revendicationss légitimes ; je suis fier de les soutenir avec lui, moi, ouvrier aussi. Les questions sociales me passionnent, Jacques le sait. Nous sommes ainsi nombreux, catholiques et démocrates à la fois. Mais nous ne sommes pas socialistes.

Quand la bande rouge hurle contre le prêtre qui passe, nous nous rangeons du côté du prêtre, et quand on nous crie : « Plus d'armée, plus de drapeau, plus de France! » nous proclamons qu'il est une France et que nous l'aimons. Quand il le faudra, nous ferons voir mieux encore la grande vivante, en mourant pour elle.

— Merci, jeune homme. Vous m'avez remis le cœur en bonne place. Jacques a raison s'il vous suit et s'il pense comme vous. Je me réjouis de vos paroles. J'attends, confiant, vos actes.

. . . .

II

Comme Paul Dubois et Jacques II sortaient du *Soleil d'Or*, trois ou quatre hommes du bourg y entraient pour leur partie du dimanche, et le soleil du bon Dieu déclinait rapidement.

Saint-Gilbert se recueillait pour la prière du soir. On n'entendait plus les gamins joueurs de billes, ni aucun bruit de métier, ni aucun bruit de char, pas même un aboiement de chien de chasse. Ceux que rencontrèrent les deux jeunes hommes rentraient, les oreilles pendantes, trottant derrière leur maître comme des bêtes honnêtes et lasses..... Il y avait une grande écharpe, d'un bleu mauve, qui venait d'entre les montagnes et menaçait d'envelopper le village.

Il serait bon, sans doute, que l'écharpe de brume vînt dérober Saint-Gilbert aux regards mornes de la nuit, mais comme il serait dommage qu'elle ne se déroulât pas le lendemain matin, car c'est vraiment un joli bourg, Saint-Gilbert!

Les maisons n'en sont point belles, et pourtant, c'est un joli bourg. L'église n'en est point neuve avec un coq fier et doré au faîte du clocher; elle est très vieille et n'a jamais eu de clocher..... Cependant, c'est un joli bourg.

Savez-vous pourquoi c'est un joli bourg ?

C'est qu'il est bâti sur une route qui vient de Bourgogne et s'enfonce dans le Morvan. D'un peu loin, le Beuvray abrite Saint-Gilbert de sa masse sombre; les satellites du Beuvray s'avancent vers le bourg et prêtent leurs pentes pour la construction des villages.

Et puis, Saint-Gilbert a des bois de chênes, de hêtres et de sapins; de grands châtaigniers qui bordent les routes, des prairies immenses et d'un beau vert qui font penser aux prairies anglaises, une rivière calme et gaie, une rivière qui n'a pas de nom, comme les choses que tout le monde connaît : c'est la rivière.

..... Les deux jeunes hommes traversaient le bourg qui sème ses maisons point belles le long de la route qui vient de Bourgogne et s'enfonce dans le Morvan. Ils saluèrent la femme du sacristain, une petite vieille très gracieuse sous son bonnet serré et toute grassouillette qui sortait de l'épicerie-mercerie de Mlles Rondeau — les Demoiselles ; — comme la rivière, elles n'ont pas besoin d'autre nom..... Ils saluèrent en même temps Mlle Rondeau cadette qui reconduisait la mère Gaudry ; ils saluèrent presque tous les gens du bourg.

On eût dit que Paul Dubois les connaissait mieux que ce grand Jacques II qui était du pays. Ses bonsoirs avaient quelque chose de plus cordial que ceux de son compagnon. C'est qu'il se sentait pleinement joyeux, tandis que le petit-fils du soldat n'était qu'à demi satisfait de l'existence.

Paul Dubois goûtait cette paix grandissante que troublaient, par intervalles, un hennissement de cheval ou un beuglement de génisse ; elle lui faisait du bien malgré qu'elle fût un peu triste. Jacques II en était oppressé. Il détestait les calmes dimanches campagnards.

Tandis qu'ils se dirigeaient vers la maison de Jacques Lefort, ni l'un ni l'autre ne parlaient : l'un parce qu'il savourait ce silence du soir, l'autre parce que ce silence l'étreignait.

La maison de Jacques Lefort est l'une des dernières du bourg sur la route qui va vers le Beuvray. Placée sur une petite élévation, comme une sentinelle, elle a des volets peints en vert sous un toit de tuiles rouges, assemblage dans le goût du brigadier qui aurait voulu retrouver les couleurs claironnantes jadis tant contemplées. De loin, les volets verts paraissent bleus, et la maison de Jacques Lefort porte les trois couleurs.

On monte jusqu'au jardinet qui l'entoure par un petit escalier creusé dans le roc et fermé soigneusement sur la route par une claire-voie.

Quand Paul Dubois et Jacques II arrivèrent, ils furent tout surpris de rencontrer deux hommes qui faisaient les cent pas devant cette porte comme s'ils attendaient le retour des propriétaires.

C'étaient deux messieurs, également corpulents, qui n'avaient pas l'allure des gens de Saint-Gilbert.

Ils s'avancèrent vers Paul Dubois, et le plus sanguin des deux lui dit, en appuyant sur chacun de ses mots :

— Monsieur Dubois, nous désirons vous entretenir un instant. Voulez-vous venir à la première auberge?

Jacques II, qui s'éloignait par discrétion, fit un pas vers les deux étrangers :

— Entrez chez nous, Messieurs. Vous y serez plus tranquilles qu'à l'auberge. Je vous laisserai maîtres de la maison.

Il avait ouvert la claire-voie et choisissait, dans son trousseau de clés, celle de l'habitation.

— Nous ne voulons pas vous mettre hors de chez vous. Nous ne souhaitons, d'ailleurs, que parler devant témoins et Monsieur Dubois peut tenir à nous répondre devant vous, repartit le personnage corpulent, sanguin et solennel.

..... Tous quatre gravirent les marches étroites, traversèrent le jardinet, pénétrèrent chez Jacques Lefort.

La maison, presque neuve, avait été rebâtie par le brigadier de gendarmerie retraité sur les anciennes fondations de la maison familiale croulante.

Il n'y avait que deux pièces au rez-de-chaussée et pas d'étage. Deux pièces également grandes et claires : la chambre du grand-père et celle du petit-fils.

Jacques II introduisit les visiteurs dans sa chambre qui a vue sur le Beuvray. Là est réuni tout le mobilier de ses parents, morts depuis une quinzaine d'années. Aussi, malgré ses dimensions, la pièce paraît un peu encombrée.

Apparemment, ces meubles de Jacques II furent achetés en ville, vers 1890, par de petits bourgeois. Une armoire à glace étroite fait face à un buffet trop sculpté. La table carrée est de style Henri II, comme le buffet. De style Henri II aussi les chaises que le jeune homme offre à ses hôtes, des chaises que Ça-travaille a dû recoler plusieurs fois déjà, en maugréant contre « ces meubles de carton ».

Les deux étrangers faillirent faire s'écrouler les sièges sous le poids de leurs lourdes personnes.

Celui qui avait porté la parole jusqu'alors présenta son compagnon..... Il récitait posément une leçon qu'il avait dû se répéter plusieurs fois :

— Monsieur Dubois, vous me connaissez. Je vous présente M. Germain Signol, rédacteur au *Tribun*, dont vous avez insulté le directeur dans votre article du *Courrier du dimanche* paru hier soir.

— Insulté? reprit le jeune homme. Je trouve le mot au moins très fort. Voudriez-vous me signaler la phrase que M. le directeur du *Tribun* relève comme une insulte.

— Tout l'article, Monsieur, dit Germain Signol. J'imagine que vous ne l'avez pas écrit avec l'intention de lui faire plaisir.

Paul Dubois et Jacques II qui n'avaient jamais entendu le rédacteur du *Tribun* furent frappés par le son de sa voix bizarre, une voix qui avait dû être forte, mais qu'il avait fêlée depuis longtemps. On eut dit un vieil instrument auquel il manque des notes, dont certaines sont trop aiguës et d'autres ridiculement graves.

Paul Dubois répondit :

— Je l'ai écrit avec l'intention de défendre ceux que votre directeur attaque.

— Oui, mais vous attaquez vous-même et de telle façon que M. Marbel, se jugeant grièvement offensé, nous a choisi comme témoins et chargés, M. Bernin et moi, de venir vous demander une réparation par les armes.

M. Bernin promenait des regards satisfaits sur les meubles bien entretenus par les soins du brigadier. Il ne parut pas se soucier d'appuyer cette déclaration.

Paul Dubois répliqua un peu ironiquement :

— M. le directeur du *Tribun* est bien pressé. Il aurait pu vous épargner le voyage de Saint-Gilbert. Demain matin, vous me trouviez chez moi, au bureau ou à l'atelier.

Bernin, alors, s'arracha à son inventaire pour une belle phrase à la Mirabeau :

— M. le directeur est pressé, en effet, de laver son honneur que vous prétendez souiller. Il désire que, le plus promptement possible, vous choisissiez vos témoins, afin que nous puissions décider avec eux de l'heure et du lieu de la rencontre, de la nature des armes, et cætera.

Le maître serrurier répondit de sa même voix grave et chaude :

— Je ne savais pas M. Marbel partisan de ce moyen un peu sauvage et ridicule de laver son honneur. Je croyais que ses principes, comme les miens — bien que différents des miens, — lui interdisaient de se battre.

— Si j'ai bien compris, prononça l'organe détérioré du collaborateur du *Tribun*, vous avez des principes très commodes pour justifier toutes les lâchetés.

— Moins commodes que vous ne pensez, Monsieur..... Mais je vous dois une explication que vous voudrez bien redire à M. le directeur du *Tribun*. Je suis catholique. Ma conscience m'interdit le duel. C'est, je crois, très heureux pour mon honorable antagoniste. Il y gagnera d'être certainement indemne et d'avoir une raison de me faire passer pour un lâche. De plus, Messieurs, je ne reconnais pas avoir insulté M. Marbel. S'il se juge visé par mon article d'hier soir, qu'il se défende, comme il a été attaqué, par la presse..... Vous parlez de diffamation, qu'il s'adresse aux tribunaux. Notre rencontre ne prouverait rien, ni au sujet de nos personnes ni au sujet des idées que nous soutenons.

— Votre refus de vous rendre sur le terrain prouve au moins que vous redoutez d'exposer votre précieuse personne, repartit

Germain Signol, qui, sous une autre forme, avait déjà exprimé le même sentiment.

Cette fois, Paul Dubois eut grande envie de dire son mépris à cet homme dont il connaissait certaines actions peu honorables. Il se contint, et, se levant comme pour congédier les témoins :

— Il se pourrait, Monsieur, qu'on me vît faire bon marché de ma vie avant M. Marbel et avant vous, quand ma conscience me le commandera au lieu de me le défendre.

Le journaliste à la voix éraillée reprit sa canne et son chapeau qu'il avait déposés, sans façon, sur la table Henri II. Il eut un rire aussi harmonieux que son langage.

— Nous avons le temps de vieillir d'ici l'événement, nous avons le temps...... disait-il en s'éloignant.

..... Et toujours M. Bernin regardait alternativement les sculptures du buffet et son image de gros homme à face rubiconde dans la glace de l'armoire.

Sans dire un mot, il se leva et suivit son compagnon.

Quand les deux témoins eurent pris congé, Jacques II, qui n'avait pas prononcé une parole durant leur courte visite, s'approcha de son ami et lui tendit la main. C'était un silencieux que ce Jacques II, surtout à certaines heures.

Paul Dubois comprit ce qu'il voulait exprimer par cette étreinte de solidarité et d'approbation. Il vit que son jeune ami était beaucoup plus ému que lui-même. Il demanda :

— As-tu lu l'article en question?

— Oui, c'est la réponse à leur diffamation du cercle d'études?..... Je l'ai trouvée très mesurée de ton.

— Eux aussi, crois-moi. Leur directeur n'a pas la moindre envie de croiser le fer, mais c'est une manœuvre habile afin de pouvoir publier mon refus.

— On ne pourrait obtenir une tolérance de l'Eglise pour ce cas-là? demanda Jacques qui, vraisemblablement, n'était pas très instruit de la doctrine catholique.

— Non, mon ami. L'Eglise ne peut tolérer ce que Dieu défend. Le duel est une occasion d'homicide et de suicide, très éloignée, maintenant, j'en conviens, mais rappelle-toi les fameux bretteurs du XVIIe siècle..... L'Eglise nous demande le courage, parfois méritoire, de refuser le combat.

Le grand jeune homme pâle ne répondit pas tout d'abord. Puis il releva la tête, et comme suivant sa pensée :

— C'est juste, dit-il. Tout se coordonne parfaitement dans les enseignements de l'Eglise. Depuis que je les considère avec quelque attention, je commence à en sentir la sagesse. Mais mon éducation religieuse est à refaire complètement. Ce que j'ai appris au catéchisme jadis a été commenté d'une façon trop peu bienveillante à la maison et à l'école pour n'être pas obscurci dans ma mémoire.....

Jacques II paraissait disposé à de sérieuses confidences, mais comme il entendait marcher dans la chambre du brigadier, il se rapprocha de la porte qui donne sur le jardin et fit signe à son ami de le suivre..... L'entrée de Jacques Lefort les retint.

Il était un brin curieux, le vieux soldat. Il ne fit pas beaucoup de façons pour demander ce que voulaient les deux témoins.

— Je viens de rencontrer deux beaux messieurs, dit-il, et qui m'ont salué..... Ils sont venus vous voir, paraît-il, Monsieur Dubois..... J'ai reconnu Bernin, le libraire de la rue Hoche, à Virelay. Qui est donc l'autre?

— L'autre, c'est M. Germain Signol, un rédacteur du *Tribun*, répondit Paul Dubois.

— Ah! Ah! Un rédacteur du *Tribun!* Fameux journal! Pourvu qu'ils insultent les bourgeois et les pantalons rouges, ces gens-là sont contents.

— Il leur faut encore quelques soutanes à déchirer pour compléter la fête, ajouta le collaborateur du *Courrier du Dimanche*.

— C'est vrai. Mais, permettez, Monsieur Dubois : les curés

ont du bon. J'ai connu des aumôniers militaires qui étaient de rudes lapins. Notre curé de Saint-Gilbert n'a pas leur envergure, cependant c'est un brave homme. Néanmoins, je trouve que ces Messieurs se mêlent de beaucoup de choses qui ne les regardent pas, notamment, dans le journalisme.

Paul Dubois allait protester. Le brigadier l'arrêta :

— Je sais ce que je dis.....

Jacques II tentait une diversion :

— Qu'est-ce que je t'offre, avant ton départ?

— Rien..... absolument rien.....

Et Jacques Lefort revenait à son inquisition :

— Alors, le gros court qui était avec Bernin, le gros court qui se pousse du col, c'est un Signol? Ça n'est pas du pays, cet homme-là?

— Je crois qu'en effet il vient de loin. Je ne saurais vous dire quelle a été son existence jusqu'à présent..... Je sais qu'elle fut..... agitée.

— En tout cas, ils avaient là une chouette voiture, vos deux visiteurs. Ils ont repris, chez Lorin, un coupé de sous-préfet, pour le moins..... Mazette!..... Ça mène à tout, le journalisme.

— On dit que c'est à condition d'en sortir..... et je le crois fermement.

— Vous écrivez dans le *Courrier du Dimanche*, jeune homme..... C'est bon, c'est patriote et républicain..... S'il n'y avait, par-ci, par-là, un peu de cléricalisme qui laisse voir le bout de l'oreille......

— Si vous entendez par cléricalisme le catholicisme, oh! il ne fait pas que montrer le bout de l'oreille, il s'étale chez nous..... Mais vous avez peut-être quelque autre définition.

— Nom d'une sabretache! Vous savez bien ce que j'appelle cléricalisme : c'est le gouvernement des curés. J'aimerais mieux la Révolution.

Paul Dubois tentait de convaincre le brigadier que les catholiques ne souhaitent pas être gouvernés au temporel par le Pape et les évêques — qui d'ailleurs ont bien d'autres soucis. Le vieux soldat ne voulait rien entendre, et surtout il était préoccupé d'apprendre ce qui avait amené les deux étrangers. Il fit si bien que le jeune homme lui expliqua :

— Ils venaient très courtoisement me demander de leur indiquer mes témoins, étant eux-mêmes ceux du directeur du *Tribun*, lequel désire se rencontrer avec moi.

Le visage de Jacques Lefort, qui était déjà tout joyeux parce que c'était dimanche et qu'il avait gagné une partie contre Célestin Mayeul, s'illumina. La barbiche fréquemment caressée prenait une pointe belliqueuse. Le brigadier ramena un peu sur l'oreille gauche sa casquette de drap noir à visière garnie de toile cirée, puis il se rapprocha de Paul Dubois et amicalement lui mit la main sur l'épaule :

— Vous allez vous battre, jeune homme..... A l'arme blanche?

— Hélas! non. Pas à l'arme blanche.

— Vous êtes comme moi : vous la regrettez..... Des duels au sabre, je ne connais que ça! On larde son adversaire d'une belle estafilade. Ouf! C'est fait!..... Sur quatre rencontres que j'ai eues pendant ma vie militaire, une seule était au revolver.

..... La barbiche impériale s'agitait de plus en plus. Le brigadier détaillait les coups de sabre donnés ou reçus avec un égal plaisir. Il fulmina :

— Maintenant, on a peur d'être trop près l'un de l'autre pour se battre..... Qu'est-ce que c'est que ces petits duels d'à présent?..... On a des revolvers de bazar pour se faire des égratignures..... Batailles pour rire! Duels de gamins, quoi!

Paul Dubois saisit l'occasion de s'expliquer.

— Vous avez dit le mot : batailles pour rire! C'est pourquoi il serait bien ridicule de croire qu'un homme pût refuser un pareil combat par lâcheté.

— Qui donc refuse le combat? demanda Jacques Lefort d'une

voix de justicier, d'une voix que Jacques II connaissait bien et à laquelle il n'avait jamais osé résister.

Paul Dubois leva les yeux. Il rencontra le regard aigu du vieux soldat et n'osa pas le soutenir. Cependant, il répondit :

— Moi, Monsieur Lefort, je refuse le combat. Un catholique ne se bat pas en duel. C'est défendu par le cinquième commandement de Dieu : « Homicide point ne seras..... »

Jacques Lefort était encore plus rouge que l'instant d'avant, au *Soleil d'Or*. Ses lèvres s'agitaient sans qu'il en sortît une parole. Il avait pris sur la table de Jacques un gros dictionnaire allemand-français qu'il tournait et retournait comme s'il eût voulu l'envoyer à la tête de Paul Dubois..... La barbiche impériale, les moustaches hérissées, les épais sourcils faisaient des taches blanches sur sa face congestionnée..... Enfin il jeta violemment le livre habillé de toile grise sur la table Henri II et se mit à parler en marchant..... Heureusement pour lui..... car à mesure qu'il marchait et qu'il parlait, le flot de sang qui lui était monté à la tête descendait.

— Monsieur Dubois, disait-il, je ne vous comprends plus..... Ah! Je suis bien vieux..... Mes oreilles bourdonnent ; j'ai la tête en feu! Vous avez parlé tout à l'heure d'honneur et de bataille..... En vous écoutant, je sentais se réchauffer ma vieille carcasse transie par le froid des années, je bouillonnais d'ardeur, comme une recrue imberbe. Déjà, je vous voyais courant à la victoire, entraîner Jacques, en entraîner des centaines et des milliers, car il faut de ces entraîneurs, de ceux qui parlent et de ceux qui chantent en l'honneur du drapeau. Mais ceux dont il ne faut pas chez nous, Monsieur Paul Dubois, Monsieur le journaliste, ce sont les beaux parleurs qui montent sur la gloire française comme sur des tréteaux et qui font les saltimbanques en jonglant avec les mots de courage, de victoire et de liberté, et puis, quand on les appelle au combat, s'empressent de jeter les armes. Ceux-là, Monsieur Dubois, tous ces gribouilleurs bien ou mal payés, je ne donne pas cher de leur honneur, et je défends, entendez-vous bien, je défends à mon petit-fils de suivre leurs traces.

..... L'instant de silence qui suivit cette sortie violente fut pénible pour les trois acteurs de la scène, surtout pour Jacques II. Il savait qu'on n'entre pas impunément en discussion avec Jacques Lefort, il savait surtout que, lui répliquant, il verrait son insolence durement réprimée. Il se taisait et dans le même moment se reprochait de ne pas défendre son ami.

..... L'écharpe de brume d'un bleu violet envahissait le petit jardin. La lumière pâle colorait à peine les têtes penchées des jeunes gens. La haute silhouette de Jacques Lefort appuyé, en face d'eux, contre la porte de communication des deux pièces semblait grandir dans l'ombre..... Les joues du brigadier, son front chauve reprenaient leur ton de parchemin, mais les lèvres restaient crispées par la colère et les yeux rouges.

Lentement, la cloche de l'église, qui n'était pas dans un clocher, sonna les trois premiers coups de l'Angélus du soir.

Paul Dubois parut sortir d'un rêve.

— Monsieur Jacques Lefort, dit-il, je ne vous en veux pas parce que je vous comprends. Je souhaite qu'un jour vous aussi me compreniez. Je n'ai pas deux motifs pour agir ainsi, je n'en ai qu'un. Je le livre à vos réflexions de soldat : Dieu me défend le duel, c'est le grand Chef, j'obéis.

La réponse fut cinglante.

— Le grand chef que j'adore, moi aussi, est le Dieu des braves, pas des déserteurs.

Jacques II sentit l'outrage, mais ne dit rien.

— Adieu, Monsieur Lefort, reprit Paul Dubois. Vos paroles m'ont fait des blessures bien douloureuses. Je n'en prévois même pas de plus cruelles au sujet de cette déplorable affaire.

— Adieu, Monsieur Dubois, prononça sèchement le vieux militaire, en lui tournant le dos.

Paul tendit la main à Jacques II.

— Je prends ma bicyclette pour t'accompagner, dit le jeune Lefort, et il suivait son ami.

Mais le brigadier les avait devancés près de la porte qui donne sur le jardinet. Quand Paul Dubois eut passé le seuil, la main sèche du grand-père encercla le poignet de son petit-fils.

— Reste là! ordonna-t-il.

Ce vieil homme avait quelque chose du *pater familias* romain. Le grand garçon pâle qu'il avait obligé à demeurer, comme un écolier pris en faute, n'eût certes pas l'idée de regimber. Il revint au milieu de la pièce sans desserrer les lèvres, sans lever les yeux.

Mais si de corps il obéissait, son âme se rebellait contre l'autorité subie. Il avait toujours eu ce besoin de penser à l'inverse de son grand-père, tandis qu'il se soumettait passivement. L'autoritarisme rude de Jacques Lefort ne lui avait pas aliéné le cœur de son enfant, mais son esprit.

Jacques II demeurait debout contre sa table. Il prenait et rejetait des cartes postales et des photographies comme pour les examiner, mais il ne les regardait pas. Jacques Lefort, sévère, continuait :

— Est-ce que tu ne sais plus ce que parler veut dire?..... Je te défends, entends-tu bien, je te défends d'adresser désormais la parole à ce garçon-là. Et si, avec les idées qu'il t'a infusées, tu venais à trahir ton honneur et le mien, tu pourrais prendre le chemin qu'il vient de prendre.

Jacques II aimait profondément Paul Dubois ; il s'imposa de le défendre.

— Je t'assure qu'il n'agit pas par peur lâche.

— Qu'est-ce qui le pousse, alors? Qu'est-ce qu'il met au-dessus de son honneur, ce manieur de belles paroles?

— Il te l'a dit : son Dieu.

— Non, pas son Dieu, mais sa religion, mais sa dévotion, car c'est un dévot, ce garçon-là. Il en a l'hypocrisie et la lâcheté..... Et dans cette voie-là, surtout, je te défends de t'engager comme lui. Croire en Dieu, être honnête homme, ça suffit. La religion, c'est bon pour les enfants et les femmes. Tu n'es plus un enfant, tu es un homme. Vis comme un homme!..... Qu'est-ce que tu vas faire à la messe?..... Tu vois où ça mène de fréquenter les curés.

— C'est vrai, je ne suis plus un enfant. C'est pourquoi j'ai ma liberté de conscience qu'il faut respecter.

— Ta liberté?..... Je l'éclaire..... Je ne t'oblige pas à suivre le chemin que j'ai suivi, je te montre sur quelle route on trouve les honnêtes gens, ceux qui consultent leur conscience avant de consulter leur curé..... Tu n'es pas un sot, tu m'as compris. Fais ton choix et marche droit!

III

C'était un homme comme on n'en trouve plus guère, l'ancien brigadier de gendarmerie Jacques Lefort. Il y avait en lui un singulier mélange de grandeur et de ridicule, ou plutôt ses sentiments nobles se traduisant parfois avec grandiloquence le rendaient ridicule. Alors son petit-fils était choqué et humilié profondément.

Jacques Lefort avait vu le jour à Saint-Gilbert, en 1835. Son père, alors âgé, était l'un de ces vieux grognards

> Que Bonaparte aimait à tirer par l'oreille.

Cet homme avait mis au cœur de son enfant deux amours : celui de Napoléon et celui de la gloire militaire ou, plus exactement, un seul amour : l'empereur personnifiant la gloire.

Jacques s'était engagé à l'aurore du second Empire. Il avait été en Crimée, en Italie et au Mexique. Il ne pardonnait pas à Napoléon III de lui avoir fait faire cette dernière campagne sous le commandement de Bazaine. Il ne lui pardonnait pas beaucoup d'autres choses, et surtout Sedan. Il avait adopté, au point de la croire sienne, la fameuse antithèse de Victor Hugo : Napoléon le Grand, Napoléon le Petit.

Nourri de la lecture des *Châtiments* et de tous les pamphlets contre l'empire tombé, sa haine de l'homme était devenue une haine contre le régime. Jacques Lefort, depuis 70, était violemment républicain....., républicain parce que patriote, et anticlérical parce que républicain.

Pour le brigadier, les choses devaient se déduire ainsi logiquement. Il se croyait obligé à l'anticléricalisme pour garder son patriotisme.

Il n'était pourtant pas tout à fait sot, Jacques Lefort, mais tant de Français raisonnaient ainsi après la guerre, lorsqu'il obtint le bicorne et les bottes du gendarme, qu'il n'avait pu se défendre de suivre l'opinion commune.

Seulement, pour être anticlérical, il y a la manière, et Lefort pensait bien avoir trouvé la bonne. Lui qui croyait en Dieu — un Dieu qui devait s'y connaître en bravoure, mieux que l'homme à la capote grise et au petit chapeau, — il ne manquait pas, chaque matin et chaque soir, de faire un bout de prière, oh! pas bien longue, quelque chose comme un salut militaire..... Comme il mettait au-dessus de toutes les armées l'armée française, il mettait au-dessus de toutes les religions la religion catholique. Il en respectait les ministres et accordait sa confiance à quelques-uns. Il faisait maigre le vendredi et parlait respectueusement des choses saintes.

Pourtant, il se croyait anticlérical — et peut-être ne se trompait-il qu'à moitié — parce qu'il ne manquait jamais une occasion de protester contre la puissance des évêques et des moines, approuvait tous les représentants de la sacro-sainte République et refusait énergiquement d'assister à la messe et de faire ses Pâques.

Naturellement, il avait envoyé son petit-fils au catéchisme et il aurait fait beau voir qu'il n'y fût pas constamment le premier, mais il l'avait envoyé aussi à l'école communale. On disait à Saint-Gilbert : chez M. Ludovic.

M. Ludovic s'était occupé, avec un soin tout particulier,

de Jacques II, car il était l'ami de cœur de Jacques Lefort, l'ami du lundi.

L'ancien soldat avait, pendant trop longtemps, suivi une exacte discipline pour vivre ensuite à sa guise, comme vous et moi. Depuis qu'il n'avait plus de chefs auxquels obéir, il s'était tracé à lui-même sa règle de vie, et il n'était pas un religieux, aussi attaché qu'il fût à ses observances, à qui Jacques Lefort n'eût pu en remontrer. Je crois qu'il s'obéissait à lui-même *perinde ac cadaver*, comme disaient naguère nos députés.

C'est pourquoi M. Ludovic était l'ami du lundi, comme le sacristain Gaudry était celui du mardi..... comme..... Il n'y en avait pas pour tous les jours de la semaine, à cause des jeudi et samedi réservés aux longues promenades, toujours effectuées, quelque temps qu'il fasse.

..... Le lendemain du jour où nous l'avons rencontré chez Mayeul, ainsi qu'on l'y pouvait trouver chaque dimanche, Jacques Lefort allait voir l'instituteur, à 4 h. 1/2, après la classe.

Le jour était pâlot, le soleil avait l'air de mauvaise humeur. Sur le plateau, en face de la maison-sentinelle des Lefort, on labourait encore. Comme le brigadier ouvrait la claire-voie, le solide gars qui conduisait l'attelage arrivait à l'extrémité du sillon.

Le vieux soldat s'arrêta pour regarder.

Sur le ciel gris bleuté, les deux bœufs de labour prenaient des tons de vieil ivoire. La charrue légère, noir et acier, mordait en grinçant la terre fauve. Jacques Lefort aspirait fortement l'odeur de la bonne terre de son pays qui lui venait par de là la large route. Le laboureur avait fait obliquer les bœufs aux cornes fines sur le second sillon. Jacques Lefort regardait toujours.

C'était un spectacle bien des fois contemplé, mais il voulait s'emplir les yeux de cette belle image, parce qu'il se demandait s'il verrait d'autres labours et d'autres semailles. Et, tout de même, sans oser se l'avouer, il se troublait d'avoir à quitter ce joli pays de Saint-Gilbert ; il se troublait plus encore d'avoir à rendre des comptes au grand Juge.

Brusquement, parce que cette idée voulait le dominer, il assujettit sa casquette et prit son chemin.

Et il vit M. Ludovic, et il parla longuement avec M. Ludovic.

Mais, sans doute, il faudrait savoir quel homme était M. Ludovic..... Eh bien! c'était un fort bel homme, assez grand, pas trop gros, dont les cinquante-cinq ans étaient glorieux. Il portait continuellement un lorgnon sur son nez légèrement bourgeonné, et cela, ajouté à sa tenue bourgeoise et correcte, achevait de lui donner l'air distingué.

..... Ce portrait ne nous montre qu'à demi et fort mal ce qu'était M. Ludovic. Or, voici « le dessous des cartes » : M. Ludovic était un sage.

Un sage, c'est celui qui ne mange pas pour ne se point donner une maladie d'estomac, qui ne sort pas de peur de s'enrhumer, qui ne se marie pas afin d'éviter le fardeau d'une famille, qui sait satisfaire les amis de la municipalité de sa commune et aussi ses ennemis, qui ne va ni trop à droite ni trop à gauche, et, dans quelque assemblée qu'il se trouve, est toujours, humblement, de « l'avis de ces messieurs ».

Dieu préserve la France des sages et de la sagesse!

Parce que M. Ludovic était un sage, et à cause de sa fonction d'instituteur, le brigadier l'avait toujours consulté sur l'éducation de son petit-fils.

M. Ludovic avait jadis décidé que Jacques II, pour lequel Jacques Lefort rêvait du lycée et de Saint-Cyr, deviendrait un primaire qui travaillerait pour le brevet, non pour le baccalauréat, qu'il ne préparerait pas une école militaire, mais l'école normale du département, qu'il serait non un officier, mais un instituteur.

— La raison, s'il vous plaît, Monsieur Ludovic?

La raison, au fond, était probablement multiple. Voici celle que le pédagogue fit entendre au vieux soldat : C'est l'instituteur allemand qui nous a vaincus en 70 ; c'est l'instituteur français qui triomphera de l'Allemagne et de l'ingérence ecclésiastique dans le gouvernement de la République, bien plus dangereuse pour la France que toutes les Allemagnes.

..... Mais quand je vous disais qu'il y a loin des rêves des pères aux réalisations des fils!..... Ce coquin de Jacques II, pourvu de son élémentaire brevet, avait catégoriquement refusé de travailler pour l'Ecole normale. Il était, par sa mère, d'une famille d'imprimeurs. La lignée remontait-elle jusqu'au temps de Gutenberg? Je l'ignore..... Quoi qu'il en soit, une vocation atavique et irrésistible se manifesta. Malgré père et instituteur, il voulut être typo, rien autre..... C'était son premier acte de volonté.

Reste à savoir s'il n'avait pas, en apprenant ce métier, quelque idée derrière la tête..... Cela ne nous regarde point pour le moment.

Donc, ce lundi, tandis que Jacques Lefort conférenciait avec M. Ludovic, Jacques II composait à l'imprimerie Vieillard, de Virelay..... Et c'était de lui, Jacques II, que parlaient son grand-père et son instituteur.

M. Ludovic occupait un fauteuil de cuir noir, le brigadier, en face de lui, un voltaire de velours vert. Il faisait encore jour dans le petit cabinet de travail de l'instituteur, à cause d'une grande fenêtre semblable à celles de la salle de classe et sans aucun rideau.

M. Ludovic avait les jambes croisées, le coude droit appuyé sur le bras de son fauteuil ; de la main gauche, il tapotait la tablette d'une console soutenant une mappemonde. Il disait :

— Jacques est pourtant un garçon intelligent, mais il est jeune..... Ah! les compagnies!..... Les compagnies!

Le brigadier répondait :

— Les compagnies, c'est la perte de la jeunesse..... Moi, je le crois sincère, M. Dubois.

— Les catholiques pratiquants comme lui ne sont jamais sincères quand ils affirment leur amour du peuple et de la République..... Souvenez-vous-en, Monsieur Lefort..... Je préfère, moi, ceux qui se disent nettement monarchistes..... Mais Jacques II se laissera toujours prendre aux belles paroles. C'est un passionné, votre petit-fils.

Jacques Lefort répéta, un peu ahuri :

— Un passionné?

— Oui, mon cher Monsieur, bien qu'il vous paraisse froid comme marbre et se contente de ne rien dire quand il pense à l'inverse de vos pensées. Vous ne l'avez pas encore jugé?

Le brigadier était rempli d'admiration pour une telle perspicacité.

M. Ludovic poursuivait, et il disait des choses fort justes :

— Il ne pourra jamais rester tranquillement dans les bornes de la sagesse, ce garçon-là, ami avec tout le monde et prêt à faire les concessions que la vie nous dicte..... Sans doute, il faut avoir des principes, mais il est bon de les accommoder aux circonstances..... Lui, je l'ai vu tout enfant : déjà il voulait aller juqu'aux extrêmes conséquences de ses idées.....

M. Ludovic se mouvait à l'aise parmi ces considérations abstraites sur le caractère de son ancien élève. Le brigadier l'admirait d'autant mieux qu'il le comprenait moins..... Mais, bien vite, l'aïeul donna une forme concrète à ses inquiétudes et à ses griefs.

— Monsieur Ludovic, voyez-vous, ça m'a toujours chiffonné qu'il se soit avisé de retourner à la messe — je ne dis pas par-ci, par-là, mais tous les dimanches.....

— Les compagnies, mon ami!..... Depuis qu'il fréquente les Fayot et leur fils abbé, d'une part, les Dubois et je ne sais quels catholiques militants et utopistes de Virelay, d'autre part, il a incliné à droite d'une manière inquiétante..... Il vous annoncerait un jour qu'il veut se faire moine que je n'en serais pas surpris.

Jacques Lefort rougit comme il rougissait toujours lorsqu'il était en colère.

— Moi vivant, Monsieur Ludovic, je vous donne ma parole d'honneur que ça n'arrivera pas.

— Hélas! Monsieur Lefort, vous n'y pourriez rien..... S'il s'entêtait dans cette voie.....

— Je voudrais bien voir.....

— Qu'il vous désobéît?..... Il ne l'a jamais fait, sans doute, mais des idées d'indépendance sont dans l'air..... Jacques a vingt ans ; bientôt, il sera majeur..... Rappelez-vous son obstination à suivre la carrière du père de sa mère, malgré votre désir.....

Il y eut un silence pendant lequel 5 heures sonnèrent au cadran de la pendule-thermomètre placée au-dessus du bureau, en face d'une petite bibliothèque de noyer.

M. Ludovic sentait qu'il avait troublé la quiétude déjà ébranlée du brigadier. Il reprit :

— Je mets tout au pire et vous effraye d'un événement que rien ne fait prévoir d'une manière évidente..... Une seule chose est certaine : Jacques II n'a plus vos idées, pas davantage les miennes. Nous, mon ami, nous sommes restés dans le juste milieu où il est bon de se tenir, parce que là est la vertu. On le dit en latin :

In medio stat virtus.

C'est très vrai. Nous n'irons jamais à gauche avec les anarchistes et les sans-patrie, ceux qui ne veulent ni Dieu ni maître, mais jamais non plus à droite où sont ceux qui se laissent mener par les Jésuites. Pour votre petit-fils, le péril est à droite, il faut le conjurer.....

Minutieusement, l'instituteur et le grand-père, pleins de bonnes intentions peut-être, cherchèrent le moyen d'arracher Jacques II à ce prétendu péril..... Puis, Jacques Lefort s'en alla.

Il fit un grand détour pour rentrer afin de goûter mieux

l'air du dehors, le grand air du Morvan sauvage que la brise de ce soir d'octobre lui apportait de la montagne. Au lieu de passer par la route qui coupe le village, il le contourna par de petits chemins caillouteux cachés sous des haies encore vertes.

Le soir descendait avec moins de calme que la veille : c'était la fin d'un jour de travail. Dans l'air passaient les plaintes rythmées du fer sous le marteau d'une forge, des gémissements d'essieux y répondaient de tous les points de l'horizon. Les hirondelles commençaient de se rassembler pour le départ, et des moineaux inquiets s'agitaient pour trouver pâture.

Légères hirondelles, vous pouviez rayer le ciel gris d'octobre, de l'église sans clocher jusqu'à la maison de M. Ludovic..... Jacques Lefort ne vous voyait pas..... Moineaux cocasses, vous pouviez piailler et chercher à assourdir l'ancien gendarme..... Folles petites bêtes, Jacques Lefort ne vous entendait pas. Il pensait à Jacques II, et combien il est étrange que les enfants ressemblent si peu à leurs pères!

Lui, il avait reçu du soldat de l'Empire toute sa bravoure, épousé toutes ses haines, gardé tous ses amours. Lui, comme son père, avait, sa vie durant, obéi sans discussion à ses chefs parce qu'ils sont les chefs, exigé la même obéissance de ses subordonnés.

Cette mentalité, qui lui faisait voir l'idéal des rapports sociaux dans un Etat organisé comme un régiment et calquer les relations du père avec ses enfants sur celles du sergent avec ses soldats, il sentait bien qu'elle était très différente de celle de Jacques II.

Où celui-ci avait-il pris l'âme avide d'indépendance que les commandements du brigadier ne retiendraient peut-être pas longtemps? Une génération le séparait de Jacques Lefort : Jacques II était le fils du bel adjudant Jean Lefort.

Comme s'il avait marché là, à côté de lui, sur le petit chemin, le brigadier voyait Jean Lefort.

Il avait vingt-cinq ans, il était adjudant. Son père croyait qu'il travaillait pour Saint-Maixent, et qu'il serait capitaine lors de la prochaine grande guerre. Mais non..... Ce beau soldat avait au cœur un autre amour que celui de la France. Dans le métier militaire, ce qui le charmait le plus, c'était l'uniforme : le scintillement des galons et le cliquetis du sabre qui faisaient se détourner les têtes de jeunes filles quand il passait.

De quelle brillante allure le vieux Jacques le voyait s'avancer là, près de lui!

Le brigadier ralentissait son pas pour suivre mieux la vision de son rêve, pour garder plus longtemps devant son regard la haute silhouette de Jean Lefort.

Ah! qu'il comprenait bien la fille de l'imprimeur qui, pour épouser son fils à lui et l'épouser tout de suite, avait forcé la main de son père!

Le jugement de l'instituteur sur Jacques II revint à l'esprit de Jacques Lefort : un passionné..... Le fils de Jean Lefort pouvait bien être un passionné..... Mais alors, c'était entre lui, le brigadier, et son fils qu'il y avait eu divergence. C'était au lendemain de la défaite française que les Lefort avaient cessé de confondre leur cause avec celle du pays.

Le brigadier ne se préoccupait plus de cette question. Il montait presque péniblement les marches qui accèdent à son jardinet. Tous ses morts semblaient lui faire cortège. Mais toujours, plus proche de lui, se tenait son fils.

En se remémorant la brève existence de son enfant, le vieillard murmurait :

— Pauvre garçon!

En effet, elle avait été aussi courte que lamentable, l'histoire du ménage de l'adjudant.

L'imprimeur ayant fini par donner son consentement à ce mariage trop prématuré, les jeunes époux avaient consacré à l'organisation de leur intérieur presque tout l'argent de la dot. Lorsque, quelques mois avant la naissance de Jacques II,

Jean contracta aux manœuvres une pleurésie dont il ne devait pas se remettre, leurs ressources étaient à peu près épuisées.

Alors, le beau-père doubla, tripla la dot pour que sa fille pût disputer à la mort celui qu'elle aimait..... Pendant deux ans, elle conduisit son mari de la Côte d'Azur en Auvergne, de Biarritz en Suisse..... Et puis il mourut et elle le suivit.....

Comme si tous devaient suivre le bel adjudant, sa mère, la femme du brigadier, et son beau-père l'imprimeur — veuf depuis de longues années — l'avaient rejoint dans l'éternité.

C'est pourquoi, lorsqu'il vint prendre ses invalides dans son pays natal, où il faisait reconstruire la maison plus que centenaire des Lefort, l'ancien gendarme amenait avec lui un enfant de cinq ans, pâle, avec de grands yeux noirs.

Quinze ans étaient passés ; l'enfant avait grandi ; c'était ce jeune homme qui, par cette soirée d'automne, revenait à bicyclette de Virelay.

Il pédalait rapidement, le buste droit, les mains à peine appuyées sur le guidon. Il voyait encore danser devant ses yeux les caractères qu'il venait d'assembler pour un faire-part de décès. Le nom du défunt et ceux des parents martelaient son cerveau lassé.

De Virelay à Saint-Gilbert, il y a deux bonnes lieues, mais la route est ravissante. A droite, les montagnes sont proches, boisées et mystérieuses ; à gauche, elles sont plus lointaines, et leurs contours nets ferment l'horizon.

Depuis quatre ans, Jacques faisait quatre fois par jour ce même chemin. C'en était assez, semble-t-il, pour tuer l'admiration. Peu à peu, cependant, la vision de paix chassait toute autre vision, et les senteurs de verdure faisaient oublier l'odeur d'encre d'imprimerie. Le jeune homme, tout au plaisir de se donner le mouvement dont ses vingt ans, enfermés durant cinq heures dans la salle de composition, avaient tant besoin, était presque sans pensées.

Soudain, une grande douleur assoupie se réveilla en lui. Ce

fut comme lorsque nous sortons du premier sommeil qui suit un gros chagrin. Nous nous demandons d'abord si c'est bien vrai et pourquoi nous sentons une pesanteur au fond de l'âme.

Depuis la scène de la veille entre son grand-père et son ami, c'était comme si Jacques II avait dormi. Ses occupations habituelles s'étaient enchaînées l'une à l'autre pour lui faire oublier. Maintenant, seul sur la route, il se souvenait.

Il aurait voulu ralentir pour retarder son tête-à-tête avec Jacques Lefort, et il pédalait rageusement pour se griser de vitesse.

Il croyait ressentir, comme un soufflet sur sa joue, l'injure faite chez lui à son meilleur ami. Et puis, la défense formulée par son grand-père se présentait à lui dans toute la rigueur des termes : défense de parler à Paul Dubois, défense d'agir en catholique.

Dans son âme ardente bouillonnait la révolte, et non seulement contre les commandements injustes, mais contre l'ensemble des idées, même bonnes, du vieux soldat..... Prendrait-il le parti d'un ami, après tout de fraîche date, contre cet aïeul dont il détestait les préférences, mais qu'il aimait bien?

...... La nuit était complètement venue, Jacques II rangeait sa bicyclette dans un petit appentis où le brigadier avait coutume de serrer ses outils de jardinage ; le jeune homme ne savait encore ni ce qu'il voulait ni ce qu'il ferait.....

Durant la semaine, il ne rencontra pas une seule fois Paul Dubois et ne fit rien pour le voir ni pour l'éviter.

Le jeudi de cette même semaine, comme il reprenait le chemin de Virelay, après son repas de midi, il trouva M. Ludovic. M. Ludovic n'était pas seul. Depuis la rentrée d'octobre, la nièce de l'instituteur, fraîchement débarquée de l'École normale, était sous-maîtresse à Saint-Gilbert. C'était elle qui se promenait avec son oncle sur la route de Virelay.

Jacques venait derrière eux à bicyclette. Il allait saluer rapidement en passant lorsque M. Ludovic lui fit signe de s'arrêter :

— Il faut que je te présente à ma nièce, dit-il.

La nièce, une grande jeune fille brune, à la chevelure crêpée, avait des yeux gris, presque verts, qui intimidaient un peu Jacques II.

Cependant, M. Ludovic lui nommait Mlle Violette Hernon.

Ah! certes, Mlle Violette n'avait rien qui parût justifier son nom. Les yeux gris vert ne se baissaient pas sous le grandissime chapeau noir. Elle portait la tête haute, avec un peu d'affectation, comme si elle ne se fût pas trouvée assez grande à côté de Jacques II, plus grand encore. Elle faisait une petite moue qui voulait dire mille choses dont le jeune homme entendait déjà quelques-unes..... Mlle Violette?..... A la voir, on lui eût donné quelque nom sonore et un peu oriental.

Elle portait un tailleur gris vert, à peine plus foncé que ses yeux. Entre les revers de la veste, on voyait le dessus d'une blouse bleu électrique.

Sans que ses traits fussent très réguliers, elle était belle.

Malgré ses yeux couleur d'océan, Jacques se l'imaginait costumée en princesse turque, avec ses sourcils déjà allongés, complètement réunis, des pièces d'or sur son front brun et des anneaux tintants aux chevilles.

Il répondait, sans bien savoir ce qu'il disait, à M. Ludovic qui jouissait considérablement de son trouble. Mlle Violette, elle, s'en amusait beaucoup.

Enfin, l'instituteur demanda :

— Dimanche matin, j'irai te chercher pour escalader les rochers de la Baume ; c'est entendu?

— Pardon, c'est impossible. L'après-midi si vous voulez ; le matin, je serai à Virelay.....

Il avait dit : « Je serai à Virelay » au lieu de dire plus crânement : « J'irai à la messe. » C'était un recul devant son grand-père et M. Ludovic, et peut-être aussi devant Mlle Violette et ses yeux verts. Son intention n'était pas de manquer la messe, mais d'aller clandestinement entendre une messe à Virelay.

Oh! ces messes furtivement suivies derrière les piliers, comme elles feraient pleurer et rougir les anges gardiens des pauvres Français, s'ils pouvaient rougir et s'ils pouvaient pleurer!

IV

C'est dimanche. A l'église de Saint-Gilbert, l'église sans clocher, les vêpres sonnent.

Le temps est un peu couvert. Les maisons de Saint-Gilbert sont toutes noires et grises sur l'horizon d'un gris plus tendre, toutes, sauf la maison des Lefort, avec son toit rouge et ses volets verts.

L'église, sur la place, une vieille église romane qui ne fut jamais entièrement terminée, semble un grand vaisseau renversé sur le sol. La nef est percée de toutes petites fenêtres pas plus larges que des sabords ; comme l'abside ronde, elle est couverte d'une tuile aussi sombre que les sombres carènes qu'a rongées longtemps l'eau des océans.

Les deux cloches habitent un petit campanule de bois au-dessus du porche. On les voit se trémousser dans l'air piquant. Elles sonnent, sonnent pour l'office du soir.

De la maison des Lefort, colorée, malgré l'absence du soleil, sort Jacques II. Il a son vaste pardessus d'hiver et un chapeau melon qui le grandit encore.

En traversant le village, il passe devant l'école des filles, une grande construction toute neuve et toute blanche. Malgré la bise, une fenêtre du premier étage est au large ouverte. De là descend une cascade de notes de piano qui voudrait dominer le bruit des cloches. C'est Mlle Violette qui fait toute cette musique.

Jacques ralentit le pas.

Comme si elle le devinait, Mlle Violette plaque les derniers accords, sans grand souci de la mesure : aussitôt après, la jolie chevelure brune apparaît à la fenêtre ; longtemps, les yeux verts suivent Jacques II qui dépasse la maison sans lever la tête. Ils le suivent jusqu'à l'extrémité de l'unique rue du bourg — la route du Morvan à la Bourgogne. Là, il y a la place, et, sur la place, un peu élevée au-dessus des routes qui se croisent devant elle, l'église.

En ce moment, quelques bonnes vieilles en caracos et bonnets de linge franchissent le seuil, le chapelet aux doigts, les lèvres déjà murmurantes ; des fillettes arrivent en rang, conduites par l'une des demoiselles ; des gamins jouent sur la place afin de ne pas entrer avant le premier verset.

On dirait que Jacques II a peur de regarder de ce côté. Il va, les yeux perdus au loin. Son pas résonne sur la route sèche.

Il passe devant l'auberge du *Soleil d'Or*. Ça-travaille l'interpelle du seuil :

— Eh bien! ça va, aujourd'hui?

— Ça va bien..... Merci..... Et vous?

— Ça va mal, puisque ça ne travaille pas. Un fichu dimanche avec ce petit temps frisquet! Personne n'aura soif, ce soir..... Tu vas à Virelay?

— Oh! non..... Pas ce soir.

— Je t'aurais demandé de passer chez le notaire. Il devait chasser par ici, ce matin, avec le nouveau médecin. On les attendait pour déjeuner. Je n'ai vu personne.

Les aventures de chasse de « mon fils Auguste » intéressaient médiocrement Jacques II. Dès qu'il put échapper aux racontars de l'aubergiste, il continua sa route.

Bientôt, il prenait un sentier qui dévale vers la rivière, et par delà la rivière, pénètre sous le bois.

Le bois couvre presque entièrement les pentes de deux petites montagnes et habille la gorge qui les sépare. Le bois est encore touffu malgré les coupes récentes, du côté de la rivière et vers le sommet d'une des montagnes. Le bois est plus fréquenté, surtout le dimanche, mais il a sa vie intense, beaucoup plus prenante que celle du bourg.

Depuis longtemps, le petit-fils du brigadier préfère l'ombre des arbres à l'ombre des maisons, et les conversations des oiseaux aux conversations des bonnes femmes. Habituellement, quand il pénètre dans la forêt, il sourit comme un propriétaire béat. Pourquoi, ce jour-là, est-il embarrassé de son personnage. Pourquoi a-t-il l'impression que ses amis les arbres et ses amis les oiseaux ne le reconnaissent plus?

Il n'y a aucun jeu de la lumière avec l'ombre dans le sentier qu'il suit. Le jour est d'un gris légèrement lumineux. Le jour est sans tristesse, mais Jacques II est triste. Il est mécontent de lui-même : plus que cela, il a honte de lui-même. Qu'il se cherche mille et une raisons, le pauvre garçon ne se dissimulera pas qu'il est un lâche..... Et cette constatation, n'est-ce pas? est pour nous donner une petite estime de nous-mêmes..... Ce matin, Jacques II a manqué sa messe par lâcheté..... Pour éviter une scène du brigadier — scène de sévérité ou de moquerie, — il a suivi l'instituteur, venu le chercher, malgré son excuse du jeudi.....

Mon Dieu, mon Dieu, comment se fuir soi-même quand on est un aussi piètre compagnon!.....

Lorsqu'il est parti avec M. Ludovic, triomphant, Jacques II s'est dit :

— Après tout, je ne commets pas un crime ; le bon Dieu voit bien que je suis pris dans l'engrenage.

Lorsque Mlle Violette les a rejoints, il a pensé :

— L'ascension des roches ne manquera pas de charmes.

Maintenant qu'il monte par le bois, vers les Tilleuls, la ferme des Fayot, le souvenir de cette promenade dominicale, au son des cloches qui l'appelaient à l'office, lui est insupportable.

Oserait-il dire chez les Fayot, les maîtres de la ferme, là-haut :

— Je suis allé, ce matin, avec M. Ludovic, parce que mon grand-père l'a voulu?

Certes, Firmin et sa femme commandent dans la maison et on leur obéit, mais il n'en est pas un, parmi leurs huit enfants, qui, en présence d'un ordre de leurs parents contradictoire à une loi plus haute, ne sache répondre : il vaut mieux obéir à Dieu qu'aux hommes..... Il n'en est pas un, ni parmi les noirs ni parmi les rouges, car ils sont, chez les Fayot, au dire de l'abbé, quatre noirs et quatre rouges.

Lui, le séminariste, les deux aînés qui sont mariés, et Joseph, le dernier de tous, très grands, très maigres, de teint terreux, de cheveux sombres, avec des yeux d'ascète et une bouche mal dessinée, sont les noirs..... La religieuse, Claude qui est au régiment, Jeanne et Jean-Baptiste sont les rouges, à cause de leur teint de pêche bien mûre. Ils ressemblent aussi peu que possible aux quatre noirs taillés en angles, ces quatre rouges. Ils sont bien du pays par leur corpulence, leur tête ronde, leur menton, leurs joues, leur nez, hélas! rond aussi. C'est de leur père, un Morvandiau, qu'ils tiennent..... les autres, de leur mère, Monique Fayot, une sainte du bon Dieu.

Voici que le souvenir de Monique Fayot envahit Jacques II et chasse la vision de M. Ludovic et de Mlle Violette. Alors, le jeune homme s'apaise, sa lâcheté lui est toujours pesante, mais il entrevoit le moyen de se décharger. Il se dit :

— J'irai et je confesserai mon manque de courage à « ma mère Monique ».

Et il croyait si fermement que son aveu du soir réparerait sa faute du matin qu'il commençait de se reconnaître pour un brave compagnon et de se sentir chez lui dans sa forêt.

Au flanc de la montagne, il y a une échancrure dans le bois qui va en s'élargissant du côté du bourg : c'est le domaine des Fayot. La ferme des Tilleuls est ainsi nommée à cause de deux de ces arbres embaumants plantés dans la cour où picorent les poules.

Jacques alla frapper à la porte massive qui était fermée à cause du froid. Il trouva, dans la grande salle, Monique Fayot qui lisait les psaumes du dimanche dans un vieux livre d'heures à grosses lettres. Elle se leva pour accueillir le jeune homme. Elle avait sa robe noire du dimanche et un tablier de toile bleue qui sortait de l'armoire. Elle était grande, toute droite et laide.

Elle ne fut jamais jolie, « ma mère Monique ». Quand elle ne parle pas, sa physionomie est presque revêche, les yeux sont sévères et la bouche, trop largement fendue, a des coins retombants très disgracieux, mais, lorsqu'elle parle, elle dit des choses si sensées et si bonnes à entendre qu'on a plaisir à la regarder.

— Je suis seule, dit-elle à Jacques. Jeanne et les petits sont restés à Saint-Gilbert depuis la messe. Ils ont dîné chez les tantes.

Les tantes, ce sont les Demoiselles, vaguement parentes des Fayot.

Jacques demanda des nouvelles de chacun des huit.

— Sœur Madeleine est arrivée à Rome, dit la mère. Il faut que je te montre sa lettre.

Quand ils eurent parlé de Rome et de Sœur Madeleine, que la maison-mère des Filles de la Charité venait d'envoyer en Italie, Monique Fayot ajouta :

— L'abbé va quitter le Séminaire.

Puis, voyant que Jacques faisait un mouvement de surprise, elle reprit :

— Oh! pas quitter la soutane. Monseigneur l'envoie faire des études à Paris. Il doit préparer un examen pour être professeur plus tard.

— La licence ès lettres?

— Quelque chose comme ça.

Mais, tandis que Jacques parlait des Fayot, il avait l'esprit ailleurs. Ma mère Monique s'en aperçut.

Aussi préoccupée qu'elle fût pour ses huit enfants, elle ne laissait pas de s'inquiéter beaucoup de ce jeune homme qui était sans mère. Ni la mère Gaudry, ni Mme Frisette, ni les Demoiselles, ni aucune des femmes qui avaient eu pitié de Jacques II ne l'aimait fortement comme la femme de Firmin. On eût dit que son cœur, qui s'était élargi bien des fois, tant qu'il lui arrivait des affections nouvelles, pouvait grandir encore et grandir toujours.

Jacques parlait depuis un quart d'heure, uniquement pour éloigner le silence qu'il redoutait, quand il dit brusquement, afin de s'enlever tout moyen de recul :

— Je ne suis pas allé à la messe ce matin.

— Tu étais malade?

— Non, je me suis laissé entraîner ailleurs..... mais je tenais à vous le dire.

Le ton sec de cet aveu sans humilité choqua Monique Fayot. Elle était assise, le buste haut, bien en face de Jacques, tous deux presque sous le manteau de la cheminée où s'enfonce le tuyau d'un fourneau de fonte. Elle leva les yeux, comme pour le prendre à témoin, vers un crucifix de bois sombre qui était fixé au-dessus d'eux, sur le mur badigeonné de jaune clair.

— Mon cher enfant, ce n'est pas moi que cela regarde.....

Le jeune homme ne voulut pas laisser voir qu'il saisissait l'allusion à un autre aveu. Il poursuivit :

— Cela vous regarde..... Vous allez comprendre pourquoi. Vous êtes de fervents catholiques, ici ; vous voulez que vos enfants, vos fils et vos gendres soient tels.....

Il s'arrêta et considéra le visage de Monique pour voir si elle devinait sa pensée. Mais les yeux restaient vaguement errants et sévères, les coins de la bouche retombaient toujours.

Il continua :

— Vous savez comment j'ai été élevé par mon grand-père et l'instituteur dans le respect, mais dans l'éloignement du catholicisme. Si j'y suis revenu, c'est après avoir senti que là est la vérité..... Je vous jure que je n'ai pas eu d'autre motif.

Elle vit qu'il était plus pâle que d'ordinaire. Doucement, elle le rassura.

— Mais je n'ai jamais douté de ta sincérité. Quel autre motif pouvait te guider?..... Tu es, au contraire — tu l'as vu ce matin encore, — fortement tiré de l'autre côté.

— Vous ne voulez pas comprendre, dit-il.

Et, hâtivement, comme s'il avouait une seconde lâcheté !

— Vous savez bien que je l'aime.

— Qui?..... Jeanne?..... C'est de l'enfantillage!

Jacques ne parlait plus..... Il s'était levé pour enlever son pardessus parce qu'il faisait chaud. Il restait debout.

Monique le regardait. Elle regardait ce mince jeune homme, un peu trop mince, mais dont la maigreur était dissimulée par un large veston marine à grands revers. Elle l'examinait des pieds à la tête, depuis ses bottines jaunes jusqu'à son col haut, droit, serré par la cravate grenat très souple. Elle considérait les longues mains de Jacques II, nerveuses et blanches, malgré le travail de la semaine. Elle se persuadait de plus en plus qu'il n'était pas du même monde que les Fayot. Elle reprit :

— Tu es riche ; Jeanne n'a presque rien. C'est une paysanne comme moi. Plus tard, quand tu seras établi en ville, tu rechercheras une belle demoiselle élevée pour une situation bourgeoise, comme a fait ton patron, comme a fait Auguste Mayeul..... Tu ne penseras plus à ma Jeanne.....

Les lèvres minces et serrées de Jacques II se rapprochèrent encore. Il fit comme avait fait son grand-père, le dimanche précédent, alors qu'il était si colère : il se mit à marcher à grands pas dans la salle. Enfin, il s'arrêta devant la mère de Jeanne qui le regardait souffrir. Ayant repoussé, par habitude, la longue mèche noire qui lui barrait le front, il croisa les bras, et, les yeux dans ceux de Monique, il dit :

— Je n'en épouserai jamais d'autre..... Mais vous pouvez me repousser, et je sais pourquoi. Vous avez dû supposer que mes pratiques religieuses n'étaient qu'une manœuvre de prétendant épris. Mon abstention de ce matin vous le confirmait.....

« Ma mère Monique » avait grande compassion pour ce pauvre garçon qui tâtonnait sur le chemin de la vérité, qu'elle savait trop peu fort et trop peu éclairé pour y marcher seul. Elle ne pouvait se défendre de l'aimer plus encore parce qu'elle le voyait violemment attaché à sa fille. Pourtant, elle ne rêvait pas de les unir.

Comme s'il avait été l'un de ses fils, Monique força Jacques II à se rasseoir sur une chaise un peu basse, tout près d'elle. Elle prit dans les siennes les mains fiévreuses du pauvre garçon ; elle essaya de le calmer.

Elle parlait lentement, et les paroles qui tombaient de sa bouche bien laide étaient bien bonnes :

— Mon pauvre Jacques, je te croirai tous les défauts avant de te croire simulateur. Les Lefort, semblables aux Fayot en cela, sont francs comme l'or, francs au point de faire de la peine à leurs amis plutôt que de leur farder la vérité. Mon pauvre garçon, on t'aime bien ici, moi surtout, parce que tu n'as pas de mère. Je te dirais : mon fils, de tout cœur si c'était possible, mais, vois-tu, il ne faut pas t'engager avec Jeanne. Il ne faut pas.

— Elle veut partir comme Sœur Madeleine?

— Non, elle ne veut pas partir, mais vous êtes jeunes tous deux..... Pourquoi vous lier pour l'avenir?..... Et puis, je te l'ai dit : tu es plus riche.

— Et vous pensez que je ferai un marché, comme les Mayeul et leur notaire?

— Non, mon enfant, je ne pense pas cela, mais quand il s'agit de prendre un grand commerce, de s'installer en ville, la dot d'une femme fait toujours plaisir. Et puis, il faut être raisonnable — elle en revenait à son idée première, — Jeanne est une paysanne, tu seras un monsieur.....

Jacques s'était dégagé de l'étreinte de ma mère Monique. Les coudes aux genoux, il avait appuyé son menton sur ses mains croisées. Lui, le silencieux, il parlait, parlait comme quelqu'un qui laisse couler le trop-plein de son âme.

— Mais vous ne la connaissez donc pas, votre fille? Vous ne voyez pas que la belle notairesse de Virelay et cent autres qui furent élevées dans des pensionnats à réputation..... et qui ont de grosses dots, sont de petites oies à côté d'elle? C'est une paysanne, je le veux bien, mais alors, moi aussi, je suis un paysan : nos ancêtres ont remué la même terre. Vous voudriez que j'aille chercher loin de mon pays quelque fille de bourgeois, aussi fade d'esprit que riche d'écus, alors que vous possédez chez vous une vraie jeune fille qui sera demain une vraie femme, j'allais dire et je maintiens : une femme supérieure?..... Allons donc!..... Que vous me trouviez indigne d'elle, je le veux bien..... Mais que vous ne soyez pas persuadée que Jeanne saura tenir sa place et la bien tenir partout..... cela, c'est impossible! Et puis, aurait-elle dix fois moins d'esprit, dix fois moins de vaillance, je l'aime..... Je ne le lui ai pas dit. Elle n'est pas de celles à qui l'on fait facilement semblable confidence..... Il faudra bien qu'elle le sache.

Il n'était plus froid comme à l'ordinaire, plus froid comme là-bas, à Saint-Gilbert, avec son grand-père et les voisins. Il était bien le fils du bel adjudant Jean Lefort, à cette heure, et peut-être cela faisait-il un peu peur à la mère de Jeanne.

Pourtant, elle était de si bon jugement et de si persuasif conseil qu'elle trouva moyen de rasséréner ce cœur en tempête sans engager l'avenir de son enfant.

Jacques s'en alla avant que Jeanne ne fût rentrée. Il s'en alla sans se demander quand il la reverrait. Au fond, il ne désirait rien au monde que la revoir.

Il marchait seul apparemment dans le petit sentier de forêt

qui raccourcit le chemin entre les Tilleuls et Saint-Gilbert, mais il n'était pas seul, tant l'âme de Jeanne lui était présente et tant il lui disait de choses.

Ce garçon de vingt ans, qui n'avait pas connu sa mère, rêvait de la douceur et de la sollicitude d'une femme à son foyer. C'est pourquoi il avait élu Jeanne Fayot.

Il la saluait reine de ce foyer futur, gardienne de sa vertu, inspiratrice de son courage.

Jacques II, malgré sa jeunesse et malgré l'insuffisance de sa formation morale, avait su choisir.

Jeanne était une paysanne comme il s'en est élevé quelques-unes depuis qu'un renouveau d'amour pour le Christ et la France a fleuri chez nous avec la dévotion ardente et agissante envers Jeanne d'Arc. Et même, on ne pouvait fréquenter longtemps Jeanne Fayot sans songer à la bonne Lorraine qu'elle avait dû prendre pour modèle. Elle en avait la loyauté envers Dieu et envers tous, l'esprit judicieux et décidé, l'ardeur du dévouement pour les causes saintes.

Tout le jour occupée aux champs avec son père et ses frères ou à la maison avec sa mère, elle trouvait le temps, le soir et parfois bien avant dans la nuit, de sustenter son esprit. Elle savait que si notre Jeanne d'Arc avait vécu au XXe siècle, elle n'aurait pas dit comme au XVe : « Je ne sais ni A ni B. »

Au reste, Jeanne Fayot ne pensait pas être une savante, et elle avait raison. A qui lui eût demandé ce qu'elle étudiait, sans doute elle aurait répondu qu'elle apprenait le catéchisme — rien de plus — mais que de choses il faut savoir pour savoir bien son catéchisme! Que de connaissances elle avait en histoire, en philosophie, en sociologie, cette fille des champs! Et comme elle savait bien ce qu'elle savait, méditant tout le long du jour, en retournant la terre ou ravaudant le linge, ce qu'elle avait appris le soir dans les livres conseillés par son frère l'abbé!

Jadis, quand il montait aux Tilleuls voir Monique Fayot et

ses fils, Jacques II prenait à peine garde à la petite élève de l'école libre de Virelay. Tout fier de sa science neuve qu'il imaginait cent coudées au-dessus de celle de la fillette, il n'avait cure de l'opinion de Jeanne.

Mais voici que la fillette avait grandi.

Jacques, apprenti à l'imprimerie Vieillard, apportait parfois à la ferme quelque idée fausse recueillie à l'atelier.

La première fois qu'il entendit Jeanne Fayot lui demander : « Etes-vous bien sûr que ce soit la vérité? » il eut un éblouissement d'une telle audace. Puis, peu à peu, il se sentit confondu d'admiration par le souci constant et intelligent du vrai qu'il voyait en elle, subjugué parce qu'à la doctrine très haute qu'elle tenait pour réellement révélée elle conformait toute sa vie.

Un autre aurait pu être attiré vers Jeanne par son caractère enjoué et sa franchise parfois piquante. Un garçon de trente ans aurait rêvé en elle la maîtresse de maison active et la mère avisée qu'elle saurait être un jour. Idéaliste beaucoup par tempérament, un peu par profession, Jacques II la voyait avec les yeux du Dante pour Béatrix : elle était, devant lui, toute sagesse et toute vertu.

Et il allait joyeux, Jacques II! Il foulait aux pieds, sans pitié, sans remords, les premières feuilles mortes..... Des litanies d'admiration et d'amour étaient sur ses lèvres.

L'air devenait limpide. Ce jour sans soleil mourait sans regret. Comme il ne pensait qu'à Jeanne, le jeune homme songea :

Le jour n'est pas plus pur que le fond de mon cœur.

Soudain, il se fit un bruit de pas et de feuilles froissées. Tout de suite, Jacques pensa au notaire et au médecin de Virelay qui, peut-être, chassaient par là. Il maudit les importuns qui allaient le séparer de l'image très chère.

Mais, dans le sentier, les petits Fayot et Jeanne s'avançaient.

Le grand nœud bleu de son chapeau frôlait les branches. Elle portait un de ces costumes gris qui sont à leur place partout. Un col de lingerie faisait ressortir plus rose son teint de pêche. Il n'y avait pas un seul trait de son visage qui ne rappelât le type sans beauté des filles du pays, et cependant elle n'avait rien de vulgaire. Tout en elle disait la santé de l'âme plus encore que du corps.

Elle s'avançait, souriant un peu, nullement impressionnée par la présence du jeune homme qui, lui, réprimait un grand trouble.

Il était prêt à s'enfuir et prêt aussi à lui dire tout son cœur.

Il ne taquina pas les deux garçons qui passaient près de lui. Il se rangea, le dos collé contre un hêtre, pour laisser à la jeune fille toute la largeur du sentier.

— Bonjour, Jacques, dit-elle, avec l'accent un peu chantant des gens du canton.

— Bonjour, Mademoiselle Jeanne, répondit-il sans un regard, les yeux fixés au sol.

Puis, brusquement, un peu impérativement même, il ajouta :

— Je voudrais vous parler.

Jeanne le regarda avec une interrogation dans les yeux. Elle ne soupçonnait rien de ce qui était. Se souvenant qu'elle ne l'avait pas aperçu à la messe, le matin, elle crut à quelque obscurité d'instruction religieuse qu'il voulait lui proposer. Elle se réjouissait de communiquer à cette âme facilement inquiète un peu de la paix qui parfumait son âme à elle. Mais comme elle raillait volontiers, elle dit, sur un ton doctoral à souhait :

— Veuillez m'excuser de vous recevoir dans un cabinet de travail sans feu..... Je vous ferai un rabais sur le prix de la consultation.....

Les deux garçons poursuivaient leur route. De temps en temps, le dernier des noirs se retournait. Le jeune homme et la jeune fille les suivaient à petite distance.

— Jeanne, disait-il très rapidement, d'une voix basse et sans couleur, je viens de voir votre mère pour lui demander votre main.....

Jeanne demeura une minute sans marcher. Cette déclaration inattendue lui semblait, au fond, toute naturelle. Bientôt, elle reprit le sentier à la suite de ses frères.

Sans regarder celui qui l'aimait, elle l'interrogea :

— Jacques, vous ne voulez pas vous marier maintenant?

— Je ne le puis pas. Vous refuserez de m'attendre?

— Oh! non, ce n'est pas cela, dit-elle vivement.

Et tous deux continuèrent de cheminer côte à côte, en silence..... Elle ne riait plus. Elle n'était point troublée. Elle cherchait si son cœur seul l'entraînait vers le jeune homme. L'impérieux devoir était-il du même côté?

Jacques craignait d'avoir parlé à contre-temps. Il l'avait dit aux Tilleuls : Jeanne n'est pas de celles à qui l'on peut conter fleurette le long des sentiers ombreux. Cependant, n'était-ce pas bien osé de lui demander pareil engagement, sans même l'avoir assurée de son amour?

Mais les mots, tous les mots qu'il avait cru rassembler tout à l'heure comme les fleurs d'un bouquet, pour les mettre à ses pieds, tous s'étaient enfuis de sa mémoire..... Alors, il s'excusa :

— Pardonnez-moi de vous poser ces questions si graves sans vous avoir dit combien j'ai besoin de savoir que vous me comprenez..... Il n'osa pas même dire : que vous m'aimez. Mais je ne puis demeurer plus longtemps dans l'incertitude.

Elle demanda simplement :

— Vous avez parlé à ma mère? Que vous a-t-elle dit?

— Qu'elle vous consulterait.

— Elle ne vous a pas conseillé de réfléchir avant de prendre un engagement pour un si lointain avenir?

Jacques n'aimait pas qu'on parût douter de l'inflexibilité de ses résolutions. Aussi ce fut avec plus de fierté que de douceur qu'il affirma :

— J'ai bien réfléchi. Ce que j'ai dit à votre mère, je le répète : je n'aurai jamais d'autre femme que vous.....

Jeanne songea que cet intransigeant saurait être le maître chez lui. Cela ne lui déplut pas. Elle demanda encore :

— Vous allez faire trois ans de service militaire..... Et après?

— Après, je voyagerai quelque temps, peu de temps ; je reprendrai une maison ou j'en fonderai une..... Alors, vous viendrez?

Cette fois, sa voix s'était adoucie jusqu'à la supplication.

Ils étaient arrivés non loin des Tilleuls. Le sentier qu'ils suivaient faisait, pendant quelques mètres, la lisière du bois, à mi-côte de la montagne. Ils s'arrêtèrent.

L'horizon était vaste. La terre avait encore son manteau d'automne mi-partie fauve et vert. Les routes blanches encerclaient les montagnes prochaines et boisées, déjà toutes noires, envahies d'ombre. Comme ils ne parlaient pas, ils devinaient la rivière, non loin d'eux, à sa monotone chanson.

Jeanne regardait la terre qu'elle aimait et pas le jeune homme qui attendait son arrêt. Elle dit, comme se parlant à elle-même :

— Je viendrai, c'est-à-dire : je quitterai tout cela..... Moi qui, tant de fois, ai dit aux autres : « Restez donc au pays! La terre y est douce et salubre l'ombre des bois », moi je m'en irai..... Je viendrai avec vous en ville, cette ville que je n'aime pas, pour laquelle je ne suis pas faite, peut-être.....

Elle avait la même pensée que sa mère.

Le jeune homme vit que cette terre sur laquelle Jeanne et les siens avaient peiné lui disputait fort le cœur de son amie..... Et il ne dit rien pour plaider la cause de son amour.

La voix de la jeune fille le fit tressaillir.

— Jacques, disait-elle, il faudra que je vous aime bien pour quitter tout cela.....

Il l'aurait embrassée pour cette bonne parole, s'il avait osé.

Cependant, les deux garçons avaient dû rentrer à la ferme sans plus s'inquiéter d'eux.

Jeanne avait des intentions trop droites pour craindre d'être aperçue en tête-à-tête avec Jacques II. Pourtant, quand elle comprit qu'ils étaient seuls, elle brusqua l'entretien.

Comme sa mère, elle avait grande pitié de cette âme mal éclairée et avide de vérité, mais, à cette heure, toute sa pitié avait disparu, comme submergée par son amour. C'est pourquoi, passant devant le jeune homme, elle lui glissa :

— Je vous reverrai à la maison.

Et, sans dire adieu, elle disparut.

Elle disparut..... Jacques ne songea pas à la retenir. Ensuite, il ne songea pas à s'en aller. Il restait là, devant ce calme paysage auquel elle paraissait si intimement liée. Il se demandait d'où venait vers elle la mystérieuse attirance de la terre.

Son bonheur était grand, mais lui paraissait fragile. La promenade du matin mettait toujours une ombre sur la journée. Si Jeanne savait?..... Si elle l'avait vu faire ses politesses à Mlle Violette!

Quand il arriva, toujours songeur et heureux à demi, sur la route de Virelay, le grelot d'une bicyclette lui fit lever la tête. Il reconnut l'adjointe. Les yeux verts brillaient sous une sorte de turban de velours et de soie de la même couleur. Mlle Violette lui sourit. Il salua avec un peu de raideur. Elle crut qu'il était timide et continua sa route en chantonnant, satisfaite de l'avoir rencontré.

V

Une petite ville blanche dans la verdure, blanche de constructions et blanche de routes, avec quelques maisons du XVIIIe, beaucoup de maisons du XIXe et quelques-unes aussi du XXe siècle : c'est Virelay.

Virelay a un vieil hôpital dont la tour carrée porte une horloge encore diligente. Virelay a une église neuve, coquette et spacieuse plus que..... dévotieuse.

C'est une ville campagnarde où l'on rencontre plus de blouses bleues que d'habits noirs. Virelay est célèbre par ses foires de bétail. On y vient du Morvan et du Charollais. Depuis ces dernières années, on y vient aussi de l'Allemagne et de l'Italie, ce qui fait endêver les bouchers de « par chez nous..... »

Et c'est, malgré cela, une ville intellectuelle. Virelay eut jadis un collège et s'en souvient. Les deux libraires y vendent des ouvrages savants à quelques messieurs graves.

Il y a bien un millier d'habitants à Virelay, et ce millier est classé dans vingt compartiments.

Si tu t'installes à Virelay, ô étranger, prends bien garde de te ranger dans la catégorie où tu dois demeurer, car il y a entre chaque caste des cloisons étanches qu'il te serait difficile de franchir!

Avant de mettre le pied sur ledit territoire, il est bon de savoir si l'on est de la société, ou de la haute société, ou du commerce, ou du grand commerce, ou du petit commerce, ou du peuple, ou du menu peuple, ou du bas peuple, ou des ouvriers, ou des gens de maison, ou des fonctionnaires, ou des gens d'église, ou des petits propriétaires, ou des demi-paysans, ou des maquignons,.... vingt castes, enfin, et qui n'ont pas le droit de se mêler.

Un bon Virelaysien, s'il passe par les rues qui sont étroites, mais proprettes, ou sur la promenade qui est plantée d'arbres — comme toute promenade qui se respecte, — doit connaître et employer vingt manières différentes de saluer.

C'est très compliqué, mais c'est l'usage.

Il n'y a pour s'y soustraire que quelques originaux, quelques simples, et les gens du Parti, en partie.

Il faut être de Virelay pour savoir ce que c'est que le Parti

— tout court, avec une majuscule. Le Parti, c'est la réunion des ennemis de l'Obscurantisme, ni plus ni moins.

Il y a là un médecin qui fournit la popularité, un gros « emboucheur » qui apporte les fonds ; le directeur du *Tribun*, qui est censé procurer les idées; son acolyte, Signol, qui donne perpétuellement les ficelles ; deux ou trois individus qui ne savent pas lire, mais sont habiles pour faire du tapage ; enfin, le troupeau qui suit.

Parmi les naïfs et les bluffeurs, on voit des opinions politiques et sociales fort différentes ; elles vont du rose tendre au rouge foncé. Et pourtant tous marchent comme un seul homme quand se dresse devant eux le fantôme sombre du cléricalisme.

Et l'autre parti, demandez-vous, le parti de l'ordre, le parti catholique? Eh bien! voilà : les amis de l'ordre sont aussi les amis de la tradition, et parce qu'ils sont tous de Virelay et pas tous du même compartiment, ils ne fusionnent pas..... « Ces dames » entretiennent des barricades que « ces messieurs », aussi nigauds qu'elles sont nigaudes, n'osent pas renverser.

Hé! mes amis, l'étrange petite cité que Virelay! On la dirait baptisée par un troubadour, mais la vie s'y complique de rites bizarres, les gens y sont étiquetés aussi soigneusement que les flacons de poisons chez M. Lartaud.

M. Lartaud n'est pas Virelaysien. Pour un homme qui habite Virelay depuis un quart de siècle, pour un homme intelligent et qui fait un commerce de quelque noblesse, il est beaucoup trop accueillant et manque avec désinvolture de nuancer ses politesses. Mme Lartaud rachète un peu. Elle est de Virelay. Mais leur fille aînée, une jolie blonde d'une vingtaine d'années — vous dirai-je toute ma pensée? — je soupçonne qu'il ne lui manque que l'occasion et l'audace pour rompre en visière avec toutes les traditions virelaysiennes.

Justement c'est d'elle — Mlle Germaine Lartaud —

qu'on parle, cet après-midi, dans le salon de Mme Vieillard.

Mme Vieillard est la femme de l'imprimeur chez qui Jacques II Lefort a fait son apprentissage. C'est une dame, une belle dame, qui a eu 40 000 francs de dot et saurait bien vous le rappeler si vous veniez à l'oublier. C'est elle qui a appris à M. Vieillard qu'un imprimeur, s'il a une femme riche et quelque prestance, n'est pas du commerce, mais de la société, et qu'il pénétrera dans la haute société le jour où il prendra sa retraite, ses fils n'étant pas des imprimeurs comme lui. L'aîné est à Saint-Cyr ; le second prépare son « Sciences-langues » : il sera ingénieur.

Or donc, ce soir-là, il neigeait sur Virelay. C'était l'un des rares jours de neige de janvier 1911. La petite ville était plus blanche, plus coquette que jamais, et le même tapis étouffait les pas des gens de la haute, de la moyenne et de la basse classe.

Mme Vieillard recevait Mme Auguste Mayeul dans son salon chauffé par de belles bûches et fleuri de roses de Nice, un vrai paradis où n'osait pas entrer la bise qui jouait dehors avec les papillons blancs.

Mme Vieillard est une femme de goût et d'ordre. Son salon est de ceux où l'on est toujours à son aise. Grande et majestueuse, elle porte une robe de drap vert qui fut sa toilette de cérémonie l'hiver précédent.

La blonde Mme Auguste est toute blanche, rose et dorée sous un immense chapeau de velours taupe orné d'une plume blanche qui se dresse à l'arrière. Son costume, de velours aussi, et la plume pleureuse représentent pas mal de petits contrats. Mme Vieillard évalue la plume entre 120 et 150 francs.

Je ne sais si j'ai pris soin de vous faire remarquer que ces dames ont parfaitement le droit d'être ensemble, d'après les bonnes règles virelaysiennes. Il y a bien le père Ça-travaille et la mère Frisette pour désorganiser les quartiers de noblesse de Mme Auguste, mais la notairesse a l'excuse de ne point fréquenter le *Soleil d'Or*, et puis, Mme Vieillard, disent les bonnes langues, possède une tante cuisinière à Paris. On n'en est pas sûr, mais comme il n'y a point de fumée sans feu..... Voilà l'équilibre rétabli.....

— Cette petite Germaine, disait Mme Vieillard, de sa voix un peu couverte, mais jamais lassée, serait-ce vrai?

— Mon mari ne paraissait pas incrédule, répondait la blonde jeune femme en robe de velours.

Et le duo continuait :

— Je croyais pourtant que M. Lartaud doterait bien ses filles.

— Elles sont trois.

— C'est beaucoup.

— Et puis, les Dubois ont des économies..... Ils ont fait donner une certaine instruction à leur fils.

— Une certaine instruction..... beaucoup d'instruction pour leur genre de vie..... Tenez, j'ai peine à croire.....

— L'amour est aveugle, chère Madame, dit la jeune femme en avançant un petit pied chaussé à l'américaine.

Mme Vieillard jouait avec une liseuse posée sur un numéro de l'*Illustration*.

— J'avais parlé à Mme Lartaud, pour Germaine, d'un de nos petits cousins, employé dans l'Enregistrement. On a fait des façons parce qu'il est fonctionnaire, et, soi-disant, pas libre de pratiquer sa religion.....

Enfin, si elle tient à son forgeron!

— On le dit intelligent.....

— Mais je n'en empêche pas..... Seulement, quand il se sera noirci les mains, tout le jour, au feu de sa forge, vous ne l'inviterez pas à venir faire bostonner vos amies.

— Peut-être s'occupe-t-il surtout de surveiller ses ouvriers.....

— Du tout..... Je l'ai vu à la maison. C'est toujours lui qui grimpe partout. De plus, il connaît tout le pays. Volontiers il adresserait la parole au dernier voyou.....

— C'est un original..... Il est un peu journaliste, je crois.

— Ah! oui, parlons-en! Il s'entend à nous faire avoir des histoires avec le *Tribun*..... Je l'ai dit l'autre jour à M. le curé : « Vous devriez bien tenir la langue de ce jeune homme. S'il dit et imprime tout ce qui lui traverse l'esprit, le Parti aura beau jeu..... » Mais notre pauvre doyen se fait vieux, il se laisse influencer. Il est mal conseillé..... Ce petit Dubois parle en maître à la cure. Avec le vicaire, leur Jeunesse catholique, leur démocratie, ils nous joueront de vilains tours. Le Parti a l'œil sur nous.

— Oh! la politique, vous savez, je n'y entends rien.....

Mme Vieillard alla chercher une bonbonnière. Elle revint pour offrir un chocolat à la femme du notaire. Peut-être songeait-elle à la trêve des confiseurs.

— La grosse question pour nous, ce n'est pas la politique : c'est l'élément introduit dans notre cercle si Germaine fait ce mariage.

— C'est, en effet, ennuyeux. A la maison, la chose a peu d'importance puisque, comme je vous le disais hier, mon mari est enfin décidé à quitter Virelay à la première occasion. D'autre part, nous voyons peu les Lartaud.

— Et justement, chez moi, je les recevais assez fréquemment..... Mais je n'ai jamais eu de rapports avec les Dubois.

..... Quelques instants après, Mme Vieillard eut une espérance :

— Ce mariage ne se fera pas, chère Madame.

— Cela, au fond, m'est bien égal.....

Mme Lartaud comprendra..... si son mari ne comprend pas. Ils ont encore deux filles à établir après Germaine. Quelles relations créeraient-ils aux cadettes par ce mariage pour l'aînée?..... Et puis, je n'ai pas dit mon dernier mot avec mon petit cousin.....

Mais Mme Vieillard cherchait vainement à se rassurer elle-même. Quand Mme Mayeul et sa pleureuse de 150 francs eurent franchi le seuil du joli salon, ce fut chez la femme de l'imprimeur comme une idée fixe : il faut que je sache si mon mari a entendu parler de ça.....

Volontiers, elle serait allée trouver M. Vieillard à son bureau pour se renseigner plus vite. Il était 3 heures. Il serait bien long d'attendre jusqu'à 7, l'heure du souper.

Mme Vieillard avait oublié que M. Vieillard devait se rendre aux obsèques d'un ancien ouvrier de la maison. Le son des cloches le lui rappela. En même temps, elle entendait le pas de son mari sur les escaliers et s'empressait auprès de lui.

— Où sont mes caoutchoucs? demandait le digne homme.

Il était taillé comme un sapeur. Il avait un teint de lis et de roses, des lunettes d'or et une barbiche blanche.

Mme Vieillard cherchait et apportait les caoutchoucs de son mari..... Elle avait la joie de s'informer.

— Achille, lui dit-elle, car cet amoureux de la paix portait un nom belliqueux, as-tu entendu parler du mariage de la petite Lartaud?

— Ah! elle se marie?

— Oui, je te demande si tu en as entendu parler?

— Non, non..... Quand ils commanderont les faire-part, on sera sûr de leurs intentions..... Tiens! Quand tu me feras faire un complet, dis donc à Petitpaul de placer mieux les poches. Sapristi! Impossible de se servir de celle-là!

M. Vieillard allait de sa chambre à coucher au grand corridor qui sépare toutes les pièces de l'appartement. Mme Vieillard s'attachait à lui comme son ombre.

— Alors, tu ne sais pas ce qui se murmure?

— Ma foi, non..... Qu'est-ce que j'ai en fait de gants?..... Donne-m'en donc des noirs.

— Achille, mon ami, si tu savais quel goût ont les Lartaud!.....

— Oh! des goûts honnêtes, ma chère, des goûts honnêtes!.....

L'imprimeur était revenu dans sa chambre. Il enfilait les gants noirs que lui avait apportés son épouse. Il se regardait dans la glace de l'armoire, telle une jeune fille qui compte rencontrer son fiancé. Il dit :

— Là! Je suis bien?

Certes, il était très bien, tout à fait décoratif. Cependant, il n'osa mettre un gibus.

— Alors, tu ne sais rien?

— Non, non..... Ce pauvre Rayaux, il s'en va par un joli temps.....

— Mais on parle du petit Dubois.....

— Tiens, tiens, tiens! Un gentil garçon!..... Tu diras à Philiberte d'avoir la main moins lourde quand elle sale..... Son poulet de midi, quelle saumure!

Et M. Vieillard laissa Mme Vieillard dans la plus profonde anxiété.

Lui, il s'en allait les pieds dans la neige, les mains dans ses poches, son parapluie fermé accroché sur son bras gauche, car il ne tombait presque plus rien.

C'est un excellent homme, M. Vieillard, un peu préoccupé de la correction de ses vêtements et de la cuisson de son pot-au-feu, mais pas si sot que vous pourriez croire..... Seulement, il est de Virelay, il en est jusqu'au bout des ongles, presque autant que Mme Vieillard, et s'il n'a pas bronché à l'idée de la mésalliance de la petite Lartaud, c'est qu'un homme de son âge ne doit plus s'étonner de rien et qu'il faut laisser aux femmes le soin de potiner sur les affaires des futurs fiancés.

Il avait complètement oublié le projet Dubois-Lartaud quand, à l'église, il remarqua, juste devant lui, le jeune Dubois.

Le jeune Dubois avait une raie parfaitement dessinée dans ses cheveux bruns, un col glacé et des gants de peau impeccables. Ceci, d'abord, réconforta l'imprimeur. Mais le jeune

Dubois suivait l'office des Morts dans son livre..... Ça, c'est bien d'un original!.....

M. Vieillard ni aucun des bons catholiques de Virelay n'auraient une idée pareille..... Il y a des choses qui ne se font pas, qui ne se sont jamais faites. Quand on va à une messe de mariage ou d'enterrement, on n'a pas besoin de livre : on est là pour faire figure. Ces dames portent bien une jolie reliure dans leur joli sac. Elles l'en tirent parfois, mais ne l'ouvrent jamais. Les messieurs ne lisent pas..... Paul Dubois ne peut rien faire comme tout le monde..... Le voilà qui suit les psaumes aussi attentivement que les fils Vieillard lisent la troisième page du « Journal ».

M. Vieillard commence de trouver la cérémonie un peu longue. Plusieurs fois, il a essuyé les verres de son lorgnon avec son mouchoir. Plusieurs fois, il a compté les personnes de la société qui ont daigné faire honneur au défunt. Sans parler de Paul Dubois, il y en a bien huit..... Enfin, le prêtre va donner l'absoute : c'est M. le vicaire, le nouveau vicaire.

Il est tout petit, tout mince, on dirait un séminariste de dix-huit ans. Dans sa petite figure, on ne voit que les yeux..... et encore les devine-t-on plutôt derrière les binocles à verres bleus. Mais M. Vieillard, qui s'y connaît, prétend que ces yeux-là sont des yeux de révolutionnaire, qu'ils ont l'air d'être baissés parfois, et qu'ils ont tout vu : les gamins qui se disputent entre les deux Elévations et le sacristain qui dort tant que dure le prône. M. Vieillard a toujours redouté ces yeux depuis qu'il les connaît..... Et puis, il est de l'avis de Mme Vieillard : ce petit vicaire fait la pluie et le beau temps à la cure que c'en est ridicule.

[illegible]ent mettre la paroisse sens dessus dessous avec ses patronages, ses cercles, ses chorales..... Que ne va-t-il pas imaginer?..... Sans doute, de mêler dans une étrange macédoine les vingt castes de la société virelaysienne. Ah! mais non!

M. le vicaire a trop d'idées dans une si petite tête..... Et

M. le doyen qui est « de famille » — son père était magistrat — a l'air d'emboîter le pas derrière son vicaire, qui n'est que son vicaire, et sort d'une pauvre métairie.

M. Vieillard songe profondément à ces anomalies tandis qu'il suit le cortège funèbre jusqu'au cimetière. Il songe même à la façon dont il convient que lui, grand commerçant et membre du Conseil paroissial, réponde au salut de M. l'abbé.

M. Vieillard, qui est un catholique convaincu et pratiquant, n'a pas dit, lorsqu'il se retire, un pauvre petit *Ave Maria* pour le défunt qu'on vient de mettre en terre....

Comme il marche rapidement, en homme qui doit rentrer pour le courrier du soir, il dépasse, dans l'avenue du cimetière, M. l'abbé et Paul Dubois.

M. Vieillard répond à leurs saluts simultanés avec une dignité grande.

S'il se doutait que, derrière lui, c'est de son imprimerie que parlent les deux amis!

Oui, certes, de son imprimerie qui est une maison catholique. On y imprime le *Courrier du Dimanche* et quantité de Bulletins paroissiaux. Après celle de l'évêché, c'est bien la plus cléricale du diocèse.... Et les deux amis déplorent que, dans cet atelier, officiellement catholique, aucun souffle d'Evangile ne rafraîchisse les cœurs.

Le patron n'a qu'un but : obtenir le meilleur travail possible au meilleur compte possible. Les ouvriers?.... Peut-être ont-ils, en général, des vues diamétralement opposées à celles du patron.

— Il faut faire rentrer Notre-Seigneur là-dedans, déclare M. l'abbé, sur un ton qui n'admet pas de réplique. Il y a bien, parmi les quinze ouvriers qu'ils sont, un garçon intelligent et droit à qui on donnera du cœur....

— Hélas! Il y en avait un. Peut-être ai je été trop vite avec lui ou me suis-je découragé trop promptement.... C'est un produit de l'école laïque de Saint-Gilbert, mais remarquablement intelligent et qui sentait le vide de son âme. Je le savais apte à prendre une grande influence dans la maison. Il venait de terminer son apprentissage et on le considère un peu comme le successeur éventuel de M. Vieillard, car il doit posséder un petit capital. Je l'avais rencontré chez le père Lastérade. Vous connaissez le vieux professeur d'allemand qui était du Parti, mais s'est brouillé avec le docteur pour une histoire d'herbier. Jacques Lefort allait prendre quelques leçons, moi aussi, à cette époque, il y a un an environ. C'était un travailleur, un peu taciturne, un peu hautain. Il parlait rarement, m'a-t-il dit, avec ses camarades. Il jugeait inutile de se rendre populaire pour l'instant et cherchait surtout à se perfectionner intellectuellement. Cependant, comme la plupart de ceux de son âge, comme ceux surtout de sa profession, il devait rêver parfois de réformer le monde..... Il suffisait de lui démontrer qu'il y a quelque chose à faire pour y restaurer le Christ, il aurait assumé cette mission pour sa sphère d'influence. Il était loyal, ardent, sous une enveloppe d'acier, pas du tout sensuel.

Les gens qui avaient suivi l'enterrement dépassaient peu à peu M. l'abbé et Paul Dubois qui les saluaient distraitement.....

La neige recommençait de tomber sans que le prêtre et son ami s'en aperçussent.

— Misérable, dit l'abbé qui riait, qu'avez-vous fait de cette perle rare?

Le vicaire n'était à Virelay que depuis quelques mois. Paul Dubois lui raconta l'histoire du duel et la scène chez Jacques Lefort.

— Et depuis?..... demanda l'abbé.

— Depuis..... Voilà plus de trois mois — il a obéi au vieux soldat — il ne m'a pas adressé la parole ; il a, je le sais, déserté l'église..... Je l'ai rencontré très rarement ; je crois qu'il m'évite. Chaque fois, il m'a salué froidement, l'air gêné et cérémonieux. Bien souvent, j'ai failli lui crier : Mon ami, qu'est-ce que tu penses? Qu'est-ce que tu fais de ta jeunesse? Te voilà comme la masse terne des « sans idéal »! Tu pouvais faire mieux.....

— Pensez-vous qu'il soit retenu seulement par l'intransigeance du grand-père?

— Hélas! non! Je sais, à Saint-Gilbert, un instituteur qui a toujours pris avec lui des airs paternels, qu'il n'aimait pas, mais dont il subissait l'influence ; je sais surtout la nièce de cet instituteur, adjointe elle-même à Saint-Gilbert depuis quelques mois. Jeudi dernier, j'ai aperçu Jacques II, qui ne m'a pas vu. Il était sur la promenade avec la jeune fille en question. Il avait encore sa blouse d'imprimeur. Donc, il venait de s'échapper de l'atelier pour cet intéressant tête-à-tête. D'après M. Lartaud qui connaît tout Saint-Gilbert, certains disent que l'institutrice recherche le jeune Lefort, d'autres que lui s'est laissé éblouir par les deux brevets de la normalienne, et qu'il finira par l'épouser.....

Le prêtre et son ami étaient arrivés devant la porte du presbytère, à droite de l'église. Paul continuait de parler de Jacques II, et même il ne pouvait dissimuler la peine profonde que lui avait causée l'imprimeur par cette rupture de camaraderie, sans explication. Malgré son juste ressentiment, il s'accusait de n'avoir pas persisté dans ses avances.

— Monsieur l'abbé, ajoutait-il, j'en suis triste à pleurer et furieux contre moi-même quand je songe au gâchage de cette existence. Car c'était un caractère, je vous l'affirme, ce Jacques II. Il commençait à avoir l'horreur de la neutralité dans laquelle on l'avait soigneusement endormi jusqu'alors.....
Il y est enlisé de nouveau.....

Soudain, s'apercevant qu'il avait près de lui, les pieds dans la neige, le vicaire dont la soutane ruisselait d'eau, le jeune homme reprit :

— Monsieur l'abbé, rentrez vite vous sécher. C'est plus pressé qu'entendre mes histoires.....

— Non, non, répliqua l'abbé. Ce qui est pressé, c'est le salut de cette âme. Vous y avez travaillé, mieux peut-être que vous ne pensez. A mon tour, je veux m'y mettre.

..... Le vicaire de Virelay ne rentra pas au presbytère, mais à l'église.

VI

Pierre Gaudry était chez Jacques Lefort. Il était dans la chambre de Jacques Lefort. Il n'y avait pas là des meubles de style en toc, comme dans celle de Jacques II, mais deux alcôves fermées par des rideaux de cretonne rouges, deux vastes armoires de noyer à deux portes, un ancien vaisselier un peu mordu par les vers, une grande table massive comme les tables du *Soleil d'Or*. Sur les murs, peints en vert pâle, Jacques Lefort avait collé des gravures coloriées du *Petit Journal* où rougeoyaient beaucoup d'habits militaires. Entre les deux alcôves qui occupaient le fond de la pièce, au-dessus de la porte de communication avec l'autre chambre, on voyait une sorte de panoplie formée par deux fusils de chasse, d'ancien modèle, une épée, un lourd pistolet d'arçon, deux longs sabres..... Le fourneau de tôle et la batterie de cuisine attestaient les soins constants du brigadier.

Il était environ 2 heures de l'après-midi et on était en mars.

L'hiver avait passé sur Jacques Lefort et sur Pierre Gaudry depuis que nous les connaissons, et ne leur avait pas été favorable.

L'un et l'autre avaient souffert, l'un et l'autre s'étaient « fait de l'ennui » — ce qui use plus sûrement que le temps et la maladie, — l'un et l'autre avaient épuisé leur confiance en l'avenir.

Pierre Gaudry, peu bruyant comme à l'ordinaire, tendait au vieux soldat une tabatière rustique, une de ces boîtes dites « queues de rats » parce qu'au couvercle est fixée une petite lanière de cuir qui rappelle l'appendice de cet animal. Encourageant, il disait :

— Rien qu'une petite!

— Non, non, merci..... Je n'aime pas ton tabac de sacristie.

— De sacristie?..... Mon cher, dis seulement de sacristain..... Et peut-être pas pour longtemps.

— Pas pour longtemps?..... Ah! bah!..... Tu prends ta retraite..... quand ça?.....

— Quand ça?..... Je n'en sais rien. Ce n'est pas moi qui la demande..... Mais il n'y aura plus besoin de sacristains quand il n'y aura plus d'églises.

— Plus d'églises!..... Tu rêves! Il y en a toujours eu, il y en aura toujours, des églises, et des curés, et des sacristains.

— Il y a dix ans, j'aurais dit comme toi. Maintenant, après tout ce qu'on a vu, on ne sait plus que penser..... Je te dis qu'elles sont en danger, nos églises, et ce n'est pas moi seulement qui le dis ; des savants l'écrivent, ça s'imprime..... C'est partout pareil, en France. Demande à M. le curé.

— Ton curé et toi, vous n'êtes que des froussards!..... Malheur! Je n'en use pas souvent, de l'église, mais qu'on vienne y toucher! On verra!

Sans façon, le petit père Gaudry haussa les épaules.

— Puisque tu es si brave, mon ami, va donc demander au préfet qu'il autorise le Conseil municipal à voter des fonds pour consolider la voûte de notre église..... Ne fais pas l'ignorant..... Tu sais bien ce qui en empêche..... C'est ta bien-aimée République..... Ah! elle est jolie, ta République!

Gaudry parlait toujours à petite voix, mais il parlait, parlait sans trêve. C'étaient deux robustes bavards, Jacques Lefort et Pierre Gaudry. Ce jour-là, le sacristain avait le record, car il était sur le sujet cher à son cœur : son église.

Pour que les paysans de Saint-Gilbert puissent la conserver à leurs enfants comme ils l'avaient reçue de leurs pères, Pierre Gaudry ne demandait qu'une toute petite chose : la liberté.

Jacques Lefort approuvait :

— J'approuve..... Tous les honnêtes gens approuvent. Pas de privilèges! La liberté pour tous! Nous avons fait assez de révolutions pour l'avoir!

— Et nous ne l'avons pas..... Et nous la perdons par lambeaux tous les jours..... Moi, je suis vieux, je vis de ce qui m'en reste..... Bientôt, cependant, la mauvaise lampe fumeuse que je suis s'éteindra, non faute d'huile, mais manque de liberté!.....

— Allons, allons! Tu exagères..... On ne va pas te mettre en prison pour avoir servi la messe.....

— Qui sait?..... D'ailleurs, si on ne me met pas « dedans », on ne tardera pas de me mettre dehors, hors de l'église, hors de mon église, hors de chez moi..... Si c'est la maison du bon Dieu, c'est bien aussi celle de son domestique. Voilà plus de quarante ans que c'est chez moi, voilà plus de quarante ans que, tous les jours, je voisine avec les cloches, avec les cierges, avec les saints de pierre et les stalles de bois. Et de tant les avoir vus et de tant les avoir touchés, et de tant leur avoir parlé, car — ris de moi, — mais je leur cause, nous sommes devenus comme de vieux amis. Et l'on viendrait me la fermer, mon église!..... On me défendrait de sonner, quand il faut, mes deux cloches!..... Mais je sens bien que je ne vivrais plus ; je sens bien que les trois angélus marquent ma vie comme les battements de mon cœur, et que mes vieilles cloches et que mon vieux cœur, tout se taira le même jour.....

Jacques Lefort trouvait une certaine justesse à ces doléances. Il y avait, dans le cas du sacristain, une question de métier qui le touchait plus que la question religieuse. C'est pourquoi il dit :

— Allons, mon vieux Gaudry, ne t'amollis pas à cette heure! Quand j'ai quitté le service, pendu mon sabre au clou, j'ai vu devant moi aussi un grand vide, comme si la terre allait manquer sous mes pieds. Eh bien! non..... On se refait une vie..... On vit moins heureux, mais on vit tout de même.....

— On vit?..... On vit bien sans porter le sabre ; on vivra mal sans fréquenter l'église.....

— Une idée de curé!

— Une idée de sacristain si tu veux..... Ceux qui tournent le dos à l'église, ou bien ils font le mal, ou bien ils le souffrent.....

Gravement, Jacques Lefort pesait les termes de ce dilemme.

— Alors, pour toi, ou je suis un sacripant, ou je suis un malheureux?

— Pour moi, Jacques Lefort, non, tu n'es pas heureux.

Le brigadier parut contrarié qu'on eût deviné sa profonde blessure morale ; il tirailla sa barbiche.

— Possible! dit-il, j'ai passé l'âge.

— Je ne sais pas s'il y a un âge..... Je connais des jeunes qui sont comme toi.

— Tu connais Jacques II, Pierre Gaudry.

Que savait Pierre Gaudry sur Jacques II?

Le brigadier fut contrarié de ne pas l'apprendre.

Il ne l'apprit pas parce qu'en ce moment, la face couleur de pitchpin et rayée d'une grosse moustache de Ça-travaille apparaissait contre les carreaux de la porte.

L'aubergiste ne remarqua pas les traits angoissés des deux vieillards. Lui aussi avait sa blessure qu'il voulait cacher. D'ailleurs, Jacques Lefort dominait son inquiétude pour le bien recevoir.

— Ça n'est pas souvent qu'on peut te voir chez moi à pareille heure, et beau comme un député..... Est-ce que tu deviens vieux et paresseux comme nous autres?

Ça-travaille donna une pichenette au plastron fraîchement empesé de sa chemise blanche.

— Eh bien! oui, j'ai déserté la boutique aujourd'hui..... Je suis allé à Virelay, chez mon fils Auguste..... chez mon fils

Auguste, à Virelay, répéta-t-il sur un ton de mécontentement qui ne lui était pas habituel.

Il s'arrêta une minute, puis reprit, calme comme auparavant :

— Je ne pensais pas me trouver là-bas un lendemain de sinistre.

— Un lendemain de sinistre à Virelay? Et nous n'en avons rien su à Saint-Gilbert?.....

— C'est comme je vous le dis. Il y a eu un grand incendie cette nuit à Virelay..... Trois maisons brûlées..... Un peu plus, il y avait mort d'homme.....

— Bigre! s'exclama le soldat.

— C'est-y Dieu possible! reprit le sacristain.

Et tous deux demeurèrent attentifs au récit de Mayeul qui avait retenu tous les détails.

— On croit que ça vient d'une allumette mal éteinte ou d'un morceau de cigarette tombé sur des papiers..... Le feu a pris dans la maison occupée par le direceur du *Tribun*.

Ils dirent ce qu'ils voulaient dire du journal socialiste, puis Pierre Gaudry demanda :

— Tu dis trois maisons?

— Oui, oui..... De celle du directeur, il ne reste que les quatre murs, et les deux plus proches ne sont pas en bel état..... Le feu était déjà bien pris quand on s'en est aperçu..... et par hasard, encore..... Imaginez-vous que ce petit Paul Dubois, qui était venu faire un tour ici à l'automne, se marie avec la fille aînée de M. Lartaud. C'est ça un joli mariage! Un brave homme de père et une grosse dot!..... Il a de la chance, le jeune Dubois..... mais elle n'est pas volée, sa chance. Hier, il était plus de minuit quand les Dubois, en revenant chez eux, virent la fumée. Ce sont eux qui ont donné l'alarme. Le directeur et sa famille ronflaient comme s'ils avaient eu envie de rôtir là-dedans..... Il a fallu une demi-heure pour les décider à ouvrir une fenêtre..... Vous savez qu'il courait un vent du diable, cette nuit. C'est ce qui les empêchait d'entendre et faisait une belle flambée..... Comme le feu avait couvé au rez-de-chaussée, les escaliers étaient déjà impraticables. On a dû descendre les femmes et les enfants par les fenêtres. A lui seul, Paul Dubois a sauvé les quatre petits. Au dernier voyage, sur l'échelle, un morceau de chevron s'est détaché, et lui, mettant son bras pour protéger l'enfant qu'il tenait, a reçu toute la charge. Il a le bras cassé d'une vilaine façon, et même quelques brûlures, mais peu graves.

— Ah! ça, c'est beau! dit Pierre Gaudry, sincèrement admiratif.

Le brigadier paraissait gêné. Il ne savait que penser de Paul Dubois. Il avait été tellement sincère dans sa réprobation au sujet du duel! Il dit :

— C'est dommage qu'il soit dans la dévotion, ce garçon-là! Il aurait eu du nerf.....

Le sacristain répliqua fort judicieusement :

— Je ne vois pas que cela lui empêche d'en avoir.....

Ça-travaille continuait :

— On en fait d'autant plus d'éloges que, paraît-il, le directeur du *Tribun* en a dit de toutes les couleurs sur son compte. Si la famille Lartaud n'avait pas bien connu les Dubois, et le jeune homme en particulier, cet individu, à force de lettres anonymes et de potins, aurait empêché le mariage.

Jacques Lefort restait embarrassé et songeur.

Il aurait voulu êre seul pour penser..... Il ne retint pas le menuisier-aubergiste qui s'en alla le premier ; il retint à peine le sacristain qui disait :

— Je m'en vais bêcher mon carré de pommes de terre ; je ne suis pas en avance comme toi.....

— C'est vrai. Dès que j'ai vu le soleil, j'ai voulu retourner, encore une fois, la bonne terre..... Depuis que je ne peux plus porter le sabre, je n'aime rien tant qu'enfoncer la bêche :

c'est encore du fer..... Je vais semer, planter, cette année comme les autres : Jacques II récoltera.

Qu'est-ce donc qui avait passé sur Jacques Lefort pour le rassasier de l'existence, sur Jacques Lefort qui, l'automne précédent, lui faisait si bon accueil?

Pierre Gaudry crut devoir le rassurer.

— Toi, t'en as encore pour vingt ans au moins!

Jacques Lefort n'était pas de cet avis :

— Je me sens bien, mon vieux camarade. Je n'ai plus mon coffre d'autrefois.....

Il frappa vigoureusement sa poitrine :

— Ça sonne creux, là!..... Parfois, ma vieille blessure de Bagneux semble se rouvrir..... Jacques ne s'en doute pas. Il a bien le temps de savoir..... Que Dieu le garde quand je ne le garderai plus!

La voix du brigadier s'était faite moins assurée ; elle se raffermit :

— Moi, je n'ai pas été un homme d'église, mais je n'ai cherché qu'une chose : être honnête, être juste, le reste vient toujours!

Cette déclaration ressemblait à certaine phrase d'Evangile que Jacques Lefort avait laïcisée. Le sacristain rétablit le texte :

— Cherchez d'abord le royaume de Dieu et sa justice, et tout le reste vous sera donné comme par surcroît.....

Le vieux soldat écoutait avec délices ces mots qui lui semblaient à la fois très nouveaux et très anciens.

— Ç'aurait pu être ma devise, dit-il, s'il n'y avait ce royaume pour me défriser..... Je mourrai républicain impénitent, Pierre Gaudry. Est-ce que ton curé me donnera l'absolution?

— Des deux mains. Mon curé..... ton curé est peut-être plus républicain que toi!..... C'est même ce que je lui reproche, ajouta-t-il plus bas.

Et il ne riait pas, le petit père Gaudry..... Il paraissait sincèrement fâché contre le curé républicain de Saint-Gilbert.

— La République leur fait pourtant bien du mal, à ces pauvres curés, reprit le brigadier. Si elle pouvait n'en faire qu'une bouchée pour les avaler, elle n'y manquerait pas. Ils ont de la peine à se laisser faire. Vive la République quand même!

— Et vive Jacques Lefort encore longtemps! conclut Pierre Gaudry en lui tendant la main.

Le vieux soldat, se redressant, serra cette main d'une forte étreinte.

— Tonnerre! clama-t-il, j'ai encore de la poigne!

Et quand le sacristain fut parti, il continua de parler seul :

— Allons, ma vieille carcasse, redresse-toi! Marche encore! Soixante-quinze ans! C'est trop jeune pour mourir! Puisque les boulets n'ont point voulu de moi sur dix-sept champs de batailles, ce n'est pas maintenant l'heure de capituler. Moi parti, qu'est-ce qu'il deviendra, mon Jacques, mon enfant?.... Ah! J'aurais mieux aimé qu'on me l'enrégimentel..... Trop mince!..... Ils en sont venus là, les Lefort : à n'être pas, à vingt ans, bons pour le service!

Jacques II avait passé, quinze jours auparavant, devant le Conseil de revision qui l'avait ajourné. C'avait été comme une injure pour Jacques Lefort. Mais ce qui lui faisait bien plus mal, c'est que Jacques II en paraissait pleinement satisfait..... Pourtant, il n'était pas mené par les Jésuites, maintenant, Jacques II, et M. Ludovic était content de lui.....

Précisément, tandis que Jacques Lefort monologuait, Jacques II, que son grand-père croyait à l'imprimerie Vieillard, entrait dans la cour de l'école..... Fréquemment, il venait chez M. Ludovic parce que, fréquemment, Mlle Violette était chez son oncle.

Hélas! oui..... Depuis six mois, Jacques n'avait pas adressé la parole à Jeanne, qu'il aimait, mais il n'avait cessé de flirter avec l'institutrice. Depuis six mois, il n'avait pas revu Paul Dubois, mais il avait fait connaissance de Germain Signol, du directeur du *Tribun* et de tous les gens du Parti ; enfin, si, depuis octobre, il n'avait pas entendu un sermon à l'église, il avait épuisé la bibliothèque de M. Ludovic.

— Le jeune Lefort s'est enfin affranchi de la tutelle ecclésiastique, disait l'oncle de Mlle Violette. Et il ajoutait, parlant à celle-ci :

— Excellent parti, ma nièce, excellent parti!

— Pas très réjouissant, répliquait la jeune fille.

Et c'était vrai.

Malgré son affranchissement, le jeune Lefort ne paraissait pas jouir beaucoup de l'existence. Mlle Violette seule — et pas toujours — parvenait à l'égayer. Avec le brigadier ou à l'imprimerie, ou solitaire sur les chemins, il était songeur, songeur de songes noirs, sans doute, car on le voyait morne, triste.

Ce jour-là, fait extraordinaire, Jacques II montrait un visage si parfaitement joyeux que M. Ludovic ôta ses lorgnons pour le mieux voir, puis il les remit, puis il les ôta de nouveau. Et toujours, avec ou sans verres, c'était un heureux Jacques II.

Il passait sous les fenêtres de la salle de classe où l'instituteur expliquait aux plus grands élèves les mystères de la racine carrée. S'interrompant une minute, M. Ludovic dit au jeune homme, par la fenêtre ouverte, en face du tableau noir :

— Va m'attendre dans mon cabinet! Tu y trouveras des revues.....

Jusqu'à la récréation, M. l'instituteur parla d'*a* carré, de *b* carré, de quatre *a c*..... Il n'eut pas un instant pour songer à l'heureux Jacques II. Mais, tout en surveillant la sortie, tandis que soixante sabots sabotaient à ses oreilles, il se demandait :

— Qu'est-ce qui le fait si content, le petit? Le printemps? On commence de se sentir tout ragaillardi par ce bon petit vent, par ce bon petit soleil..... Avec deux doigts d'un bon petit vin que je vais prendre sur le coin de la table de mon cabinet, eh bien! mais..... moi aussi, je serai tout à fait guilleret.....

Des airs de romances revenaient à M. Ludovic ; toutes sortes de vieilleries qui dataient de sa vingtième année le poursuivaient. Il ne voyait pas les trente gamins porteurs de sabots, il n'entendait pas les soixante semelles de bois sur les escaliers qui conduisent à la cour de récréation ; il était entouré d'une ronde folle de chansons..... belles dames en robes roses et couronnées de fleurs..... Il entendait des « Mignonne, voici l'avril..... », des « C'est la saison des aveux..... », des « C'est aujourd'hui printemps, car nous avons vingt ans..... » C'était délicieux..... Et c'était la meilleure explication de l'allégresse de Jacques II.

— Ah! mais..... Ah! mais..... se dit M. Ludovic, je te vois venir, mon garçon..... C'est la saison des aveux..... Il est sorti tout exprès de l'atelier pour me venir faire ses confidences..... L'excellent jeune homme! Peut-être croit-il au bien fondé de ce bruit qui court à Saint-Gilbert : départ de mon adjoint marié, à Pâques ; arrivée d'un nouveau sous-maître qui pourrait être un rival..... Il vient prendre ses sûretés..... Très bien! Très bien!..... Ma nièce Violette a du succès..... Ne brusquons pas les choses..... Bonjour, cher grand!

Ces trois derniers mots étaient dits à haute voix. M. Ludovic avait rejoint le petit-fils du brigadier. Celui-ci, resté debout près de la haute fenêtre ouverte du petit cabinet, tenait un journal déplié, le *Tribun*.

— Toujours de l'esprit, le directeur du *Tribun?* demanda M. Ludovic.

— Toujours de l'esprit..... mais autre chose avec.

— Oh! inutile, mon petit..... parfaitement inutile pour les journalistes. Moi, je ne leur demande qu'une sauce un peu piquante autour des mensonges qu'ils nous servent..... de ce côté-là comme de l'autre.

— Pardon..... au *Tribun*, on respecte, on sert la vérité.

— Qu'est-ce que la vérité? disait Pilate. Et il avait raison.....

— Je ne suis pas de votre avis.

— Je vois, je vois..... Tel un preux chevalier, tu me parais prêt à guerroyer pour cette insaisissable dame.

— Vous me voyez, en effet, tout prêt.

— Hein? Quoi?..... Pour quelle croisade penses-tu t'embarquer?

— Je commence demain ma collaboration au *Tribun*.

M. Ludovic décroisa ses jambes, les recroisa, enleva son lorgnon, ferma les yeux : toutes choses qui étaient, chez lui, les signes de la stupéfaction.

— Le *Tribun*, le *Tribun*..... Mais c'est socialiste, presque anarchiste.....

— Tant mieux!

Si vous aviez vu comme il disait cela, Jacques II, et quelle flamme il avait dans ses yeux sombres qui regardaient sans timidité M. Ludovic, et quel défi sur ses lèvres minces, prêtes à s'ouvrir pour soutenir les droits de la dame de ses pensées. C'était le Jacques II des jours de fougue, le Jacques II des Tilleuls, quand il parlait de Jeanne à sa mère.

— Et ton patron? dit M. Ludovic.

— Je n'en ai plus!

— Ah! bah!

— Je ne pouvais rester plus longtemps à l'imprimerie Vieillard.

— Pourquoi cela?

Jacques fronça les sourcils et répondit d'un ton impatienté :

— Combattre contre Vieillard et tout ce qu'il soutient et recevoir son argent!..... Imprimer des articles de périodiques qui répandent des idées contraires aux doctrines que je reconnais seules respectables!

Ces questions de délicatesse dont s'embarrassait le petit-fils du brigadier avaient moins d'importance aux yeux de l'instituteur que le côté pratique des faits.

— Que comptes-tu faire? demanda-t-il.

— M'établir à Virelay.

— Déjà?..... Mais ton service militaire!

— Je n'en ferai pas.

— Tu n'es qu'ajourné.

— Je trouverai moyen d'être réformé.

— Mais tu n'es pas majeur?

— Je n'en suis pas loin.

— Tu n'auras pas de travail?

— J'en ai d'avance..... Non seulement je collabore au *Tribun*, mais je l'imprime. Le directeur vient de rompre son marché avec son imprimeur, à la suite d'un procès.....

Ah! comme Jacques II était loin des romances en robes roses!..... Alors, ce qui lui mettait l'âme en liesse, c'était d'avoir commis un acte de démence, quitter le certain d'une place chez Vieillard pour l'incertain d'une maison qu'il devrait fonder et soutenir..... Ah! jeunesse! M. Ludovic en avait presque pitié.

— Mon garçon, dit-il, c'est déraisonnable, ce que tu fais là..... déraisonnable à tous points de vue : financièrement, politiquement et..... sentimentalement.

M. Ludovic appuya beaucoup sur ce dernier adverbe.....

— Il te faut les extrêmes..... Je l'ai toujours prédit : tu finiras sous un froc de moine..... sous un froc de moine, ça ne m'étonnerait pas..... Il y a six mois, je craignais que tu devinsses trop clérical ; maintenant, te voilà rouge..... Dans six mois, qu'est-ce que tu seras?..... Mais tu ne peux donc pas suivre les exemples des sages, de ceux qui savent, de toutes choses, ne prendre que l'excellent?..... Sapristi! Il y a du bon dans toutes les doctrines, et du mauvais aussi..... Je n'aime pas ces gens qui vont tantôt à droite, tantôt à gauche.....

— Moi non plus.....

— On ne s'en douterait pas.....

— De quoi vous plaignez-vous? Je vous obéis..... Vous m'avez empêché de servir l'Eglise ; vous avez bien fait.

— Tu vas trop loin.....

— Je vais jusqu'où mes convictions m'entraînent ; j'irai peut-être encore plus loin..... Vous dites qu'il y a du bon dans toutes les doctrines..... permettez-moi d'en douter, car, des vérités, il n'y en a pas plusieurs. Au sens strict du mot, il n'y en a qu'une. Or, vous savez bien que ce n'est pas l'Eglise qui a la vérité. Par conséquent, nous devons la combattre.

— Nous devons la combattre..... Nous devons rester tranquilles!..... La neutralité, mon ami, je ne t'ai pas enseigné autre chose que la neutralité!.....

— Non, certes, mais la neutralité est un mensonge, étant une impossibilité. J'ai voulu en essayer, de votre neutralité, depuis que j'ai l'âge de penser : c'était un désespérant ennui qui pesait sur mon âme. Dubois m'en délivra, grâce à ses utopies enchanteresses..... Une seconde fois, vous m'avez attiré à votre neutralité opprimante : avec mon grand-père, vous m'avez circonvenu pour que j'abandonne les pratiques religieuses reprises parce que je croyais. J'en ai essayé cette seconde fois, de votre neutralité..... Alors, vous m'avez donné vos livres pour encourager, pour justifier à mes yeux ma désertion..... J'ai cherché la vérité dans vos livres, et j'ai perdu la foi. Mais vous ne me retiendrez plus, ni vous ni mon grand-père : j'ai résolu de vivre comme je crois.

— Tu dis toi-même que tu n'as plus la foi.

— La foi religieuse, non ; la foi comme l'entend l'Eglise catholique, non ; mais celle dans les hautes destinées de l'humanité me reste. Je crois à l'avènement d'une ère de justice durant laquelle les biens de ce monde seront plus équitablement partagés ; je crois surtout à l'avènement d'une ère de lumière, d'un temps où la vérité sera mieux connue..... Mais je ne me contenterai pas d'attendre cette heure, j'en hâterai l'arrivée..... Non, non, je ne suis plus neutre, et c'est parce que je ne suis plus neutre que je trouve quelque saveur à l'existence ; je ne suis pas une machine vivante : j'ai un but..... j'ai un idéal.....

M. Ludovic était abasourdi.

Il ne regardait plus Jacques II ; il regardait au dehors. Voici qu'il considérait attentivement un platane dont les feuilles, les premières feuilles, venaient de naître..... Sous l'arbre que le printemps avait touché, voyait-il danser ses chansons roses que le petit-fils du brigadier paraissait si peu disposé à entendre?

Il est certain que M. Ludovic avait le cœur tout plein de l'avril qui venait, puisqu'il demanda :

— Si tu t'imagines, mon garçon, que c'est là le moyen d'obtenir la jeune fille que tu recherches?.....

— Je sais bien que ce n'est pas le moyen, dit rapidement Jacques II.

Et comme il pensait à Jeanne, ce grand enfant avait des larmes dans les yeux..... Soudain, il se ravisa et dit :

— Quelle jeune fille?

M. Ludovic n'était pas content, oh! mais, pas content du tout. Il articula, aussi sèchement qu'une proposition de mathématiques :

— Si tu n'as pas l'intention d'épouser ma nièce, ou si tu veux te rendre indigne d'elle, je te prierai de cesser tes assiduités.

Jacques II n'était plus le timide Jacques II qui n'osait pas refuser d'accompagner M. Ludovic le dimanche matin. Il répliqua :

— Eh bien! non ; je n'ai pas l'intention d'épouser votre nièce. Elle le sait bien. Je ne suis pas de ceux qui se marient, et elle n'est pas de celles qu'on épouse. C'est une bonne camarade qui met quelques fleurs sur mon chemin où trop peu de femmes ont passé. Laissez-la faire si cela lui plaît..... Elle est libre.

VII

— Oui, mon père Gaudry, répondait Mme Christine.

Elle ne savait pas du tout ce qu'avait dit son « père Gaudry », mais c'était une épouse soumise, très soumise, trop soumise, qui avait toujours répondu : *Amen* à tous les discours de son époux. Il est juste d'ajouter, à sa décharge, qu'elle n'en faisait qu'à sa tête.

Le sacristain lisait la *Croix* et sa femme épluchait des pommes de terre. Le père Gaudry, qui, pour parler, avait repoussé ses lunettes sur le bout de son nez et regardait pardessus, les remit en place et continua sa lecture.

Il lisait à mi-voix, pour intéresser Mme Christine, mais Mme Christine comprenait quand elle le voulait. Ses pommes de terre et un morceau de bœuf qui mijotaient l'inquiétaient plus que la politique.

Elle avait bien raison, Mme Gaudry : ceci a beaucoup plus d'importance que cela.....

Même, on eût dit que Mme Christine se moquait bien de tout ce qui pouvait agiter la face du globe et qu'on relate habituellement dans les journaux. Il y avait comme un sourire errant au coin de sa bouche. Mais, il ne faudrait pas vous y tromper, Mme Christine ne riait pas. Cette apparence de sourire était perpétuellement sur ses lèvres. Avec de petits yeux indulgents et des pommettes encore très roses, il lui composait la plus gracieuse figure de petite vieille que vous puissiez imaginer.

La grosse horloge du ménage Gaudry marquait 10 heures. Son balancier de cuivre se dodelinait de droite à gauche et de gauche à droite d'un mouvement sûr. Il y avait bien quarante ans qu'il faisait le même manège, dans le même coin, en face de la même commode, sur laquelle étaient les mêmes poires en sucre. Oui da! C'est ma mère Gaudry qui tenait à ces poires en sucre, souvenir d'une amie d'enfance..... Bien des fois, le sacristain avait dit :

— Tu ne vas pas brûler ces petites saletés, maman Christine?

— Oui, mon père Gaudry, répondait-elle.

Et « les petites saletés » demeuraient.

Cela n'empêchait pas le soleil de tourner ni le ménage Gaudry d'être un salutaire exemple pour les jeunes et vieux époux de Saint-Gilbert et autres lieux.

Donc, Mme Gaudry, debout près de la table, épluchait les pommes de terre, et le sacristain lisait, assis sur une chaise, les jambes étendues sur une autre chaise, son paletot de toile plié sur le dossier d'une troisième chaise, car il était « grand embarrasseur de chaises », au dire de son épouse.

Il faisait déjà très chaud, bien qu'on ne fût qu'en juin. C'étaient les premiers jours de cet été 1911 qui, si vous vous en souvenez — et vous vous en souvenez sûrement, — fut brûlant.

Le sacristain s'épongeait le front avec rage. Enfin, il comprit qu'il était bien près du poêle que maman Christine excitait sans pitié. Il abandonna ses deux chaises.

— Je vais voir la chicorée, dit-il.

— Oui, mon père Gaudry.

En cet instant, Mme Christine mettait les pommes de terre coupées en petits morceaux dans une casserole et ajoutait ce qu'il faut d'eau et d'assaisonnements pour une purée selon les règles ; aussi, elle ne se rendit pas compte du départ de son époux et ne répondit pas tout de suite au coup frappé à la porte par M. le curé.

Quand le prêtre fut entré, Mme Christine s'excusa, puis elle appela :

— Pierre! oh! Pierre!

— Ne le pressez pas, dit M. le curé. J'ai quelques instants

à vous donner. Je viens vous faire une visite solennelle, en qualité de nouveau curé de Saint-Gilbert.

Le nouveau curé de Saint-Gilbert paraissait très jeune. Il était plus petit, mais surtout plus mince encore que son marguillier, avec une toute petite figure dans laquelle on ne voyait d'abord que les yeux derrière les binocles. Le nouveau curé de Saint-Gilbert, installé depuis le dimanche précédent, ne pouvait pas ressembler davantage au vicaire de Virelay que nous connaissons. C'était lui-même. Il remplaçait le vieux curé que le brigadier estimait sans envergure, l'ayant même traité, un jour, fort irrespectueusement, de froussard.

Ce pauvre vieux prêtre n'était pas taillé, en effet, pour les luttes du clergé séparé. La dénonciation du Concordat l'avait stupéfié. Après avoir essayé de résister quelques années, ne se sentant pas assez d'énergie neuve pour les nouvelles formes d'apostolat, il demanda à son évêque de l'autoriser à se retirer. Ç'avait été pour lui un véritable déchirement d'abandonner Saint-Gilbert, où il avait pensé finir ses jours, mais il avait offert à Dieu ce sacrifice pour le plus grand bien de sa paroisse.

Le départ de M. le curé avait causé un gros chagrin au sacristain Gaudry. Il était persuadé qu'il ne s'habituerait pas à son successeur, « ce petit abbé », comme il disait à part soi. Il avait parlé à sa femme de démissionner.

— Ma foi, oui, mon père Gaudry.

Mais nul ne savait mieux qu'elle que son père Gaudry en avait plus peur qu'envie.

Cependant, Mme Christine ne fut pas longtemps seule avec M. le curé.

Pierre Gaudry abandonna lentement sa chicorée, mais, enfin, il l'abandonna et rentra tout doux, tout doux dans la maisonnette.

M. le curé connaissait depuis peu son marguillier, et déjà il avait fait le tour de la personnalité, pas bien complexe, en vérité, de Pierre Gaudry.

M. le curé voyait un très brave homme qui n'était pas précisément un homme brave ; un très brave homme, si fort attaché à son petit bien-être, à sa petite personne, à ses petites économies et à ses petites idées que ces liens retenaient parfois l'élan de son cœur. Il savait que Pierre Gaudry lui en voulait un peu de succéder à celui qu'il regrettait et, par ailleurs, le tenait pour bien jeune et bien inexpérimenté..... M. le curé savait encore que, par suite de son tempérament et de ses attaches, Pierre Gaudry était un pessimiste..... Il ne fut aucunement surpris de l'entendre se lamenter sur le malheur des temps et la méchanceté de ses contemporains.

— Et mon église!..... gémissait le sacristain.

— Notre église..... corrigea maman Christine.

— Oui, votre église, Monsieur le Curé..... Si le préfet persiste, elle s'effondre..... Et c'est fini de la religion à Saint-Gilbert.

— Comme vous y allez, père Gaudry!

— Que voulez-vous, Monsieur le Curé! Plus de messe, plus rien!

— Et les cœurs?..... C'est bien peu qu'une maison de pierre pour loger Dieu si les cœurs lui sont fermés, et qu'importe que cette maison de pierre s'écroule — on la reconstruira — si les cœurs sont pleins de Jésus-Christ.

— Alors, Monsieur le Curé..... Mais la voûte?

— Laissez faire!..... La clé de voûte de tout l'édifice, c'est Notre-Seigneur, et nous travaillerons à lui faire une église, un millier d'églises vivantes à Saint-Gilbert..... Alors, la voûte sera consolidée, malgré la préfecture, malgré les Loges! La paroisse, à quelques exceptions près, est formée de familles foncièrement chrétiennes ; pourquoi désespérez-vous?

— Monsieur le Curé, si vous saviez comme il y a du mauvais.....

— De pauvres gens que vous croyez très loin et qui, peut-être, sont tout proches de la vérité.

— Il y a un homme dangereux dans la paroisse, Monsieur le Curé.....

— Ah! vraiment?..... Et qui donc, s'il vous plaît?

— Un gamin, Monsieur le Curé, mais une forte tête : le petit-fils du brigadier Jacques Lefort.

— Jacques II?

— Vous le connaissez donc, Monsieur le Curé?

— J'ai, à Virelay, un ami qui le connaît.

Mme Christine intervint :

— On a vu ça tout petit, Monsieur le Curé. C'est quasi moi qui lui ai appris ses prières. Ah! Il mène une jolie vie à présent!

M. le curé ne paraissait pas très ému.

— Vous le croyez si terrible que cela, le jeune Lefort? Pensez-vous qu'il puisse m'avaler sans boire?

— Ah! Monsieur le Curé, Monsieur le Curé, il faut s'en méfier : il est du Parti!

Le nouveau curé de Saint-Gilbert connaissait le Parti et il ne frissonnait pas d'épouvante à l'idée d'avoir, parmi ses paroissiens, un membre de cette association; il ne fulminait pas non plus des anathèmes contre le jeune homme..... Les pères Gaudry n'en croyaient pas leurs vieilles oreilles quand ils entendirent ce petit curé, gros comme rien, leur affirmer :

— Ce Jacques II, il faut qu'il devienne l'exemple de la paroisse.

— Hé là! Monsieur le Curé!

— Certes, père Gaudry, l'exemple de la paroisse! C'est un garçon intelligent et droit; s'il se fourvoie ainsi, nous le détromperons.

Mme Christine risqua une recommandation :

— Il ne faudrait pas aller trop vite, Monsieur le Curé..... Ces petits jeunes gens, ça s'emballe..... Et puis, il y en a qui le poussent en dessous.

— Nous n'irons pas trop vite, Madame Christine. Nous

compterons beaucoup sur le temps et les événements; mais bien davantage sur la grâce du bon Dieu.

Et il pensait ce qu'il disait, le nouveau curé de Saint-Gilbert ; il ne pensait même qu'à cela. De la maison du sacristain jusque chez les Demoiselles, à l'autre extrémité du bourg, il n'eut pas quatre idées. Il n'en eut qu'une qu'il tourna et retourna sous toutes ses faces : il faut que je ramène cette âme-là au bon Dieu!

Le diable, vous pensez, n'était pas content. Il devait avoir envie d'étrangler le curé de Saint-Gilbert — un si petit curé, on l'aurait bien vite occis! — et tant d'idées dans sa petite tête, tant d'idées pour faire enrager tous les diables d'enfer!

Ce jour-là, le diable n'avait certainement pas le pouvoir d'étrangler le curé de Saint-Gilbert. Avait-il celui de mettre sous ses yeux tout ce qui pouvait l'éloigner de Jacques II?..... Vous supposez bien que je n'en sais rien..... Ce que je sais, c'est que, partout où le nouveau pasteur porta ses pas, on crut louable de le prévenir contre le fils du brigadier.

On le prévint déjà chez les Demoiselles..... Mais n'anticipons pas.....

Ce matin-là, les Demoiselles étaient fort occupées. Elles avaient eu des clientes pour « des habits de noce » et un voyageur « en rouennerie » qui les avaient retardées dans leurs préparatifs de « goûter », comme on dit à Saint-Gilbert. M. le curé arrivait mal à propos.

Mlle Clémence revenait de la boucherie — Saint-Gilbert jouit d'un boucher depuis six mois — avec deux côtelettes dans un papier jaune, quand elle aperçut M. le curé. Tout de suite, elle conjectura qu'il venait chez « les demoiselles ».

Elle rentra aussi vite que le lui permettait son embonpoint, et aussitôt dans le petit magasin, cria d'une voix d'enfant de chœur rapide et pointue.

— M. le curé! Constance, voilà M. le curé!

Mlle Constance leva vers le ciel, ou plutôt, vers les rayons les plus élevés de la boutique, où l'on voyait entassées des pièces de pilou, ses longs bras maigres, puis, les ayant laissés retomber, s'avança vers la porte, puis regarda, puis dit lentement :

— M. le curé?..... Il ne vient pas chez nous.....

— Je te dis que si.....

— Je te dis que non..... Ah!..... Tout de même..... Clémence, as-tu ouvert les volets de la salle? As-tu enlevé la housse du fauteuil? As-tu mis le tapis neuf sur la table?..... Et ce pot de confitures..... Tu sais..... qui était resté sur la cheminée, dans le coin.....

Mlles Rondeau ne voulaient pas recevoir M. le curé dans leur magasin d'épicerie-mercerie-droguerie-quincaillerie, etc., par où l'on entrait chez elles..... Sur ce point, elles étaient à peu près d'accord.

Ne l'étaient-elles pas sur tous les points? On les pouvait voir toujours vêtues de même, depuis leurs souliers à lacets jusqu'au nœud de dentelle qui ornait leur corsage du dimanche. Ce jour-là, Mlle Constance, qui était rentrée dans le magasin, avait une blouse de cotonne grise et noire, garnie de deux douzaines de petits boutons de nacre. Il était donc inutile de demander la couleur de la blouse de Mlle Clémence qui s'agitait dans la minuscule salle, ni le nombre des boutons de nacre qui l'enjolivaient.

Malgré cet amour de la similitude, elles n'arrivaient pas à se ressembler, étant construites en antithèse.

Mlle Constance était grande, sèche ; Mlle Clémence était petite, grasse. Et puis, surtout, leurs goûts n'étaient pas du tout les mêmes, et c'était merveille de voir comme chacune faisait la moitié du chemin pour arriver à l'entente cordiale. Elles n'y arrivaient qu'après des discussions interminables, mais qui faisaient une partie du charme de leur existence parce qu'elles en rompaient la monotonie.

Cependant, M. le curé était entré dans la salle dont les

volets étaient ouverts ; il avait pris place dans le fauteuil couvert d'un châle cachemire et dont on avait retiré la housse ; il avait posé son bréviaire sur la table parée d'un tapis à grandes fleurs roses, tout flambant neuf.

Les Demoiselles étaient assises en face l'une de l'autre, de chaque côté de la cheminée — le pot de confitures avait disparu, — et je vous prie de croire que vous n'eussiez pas fait entrer un quatrième personnage.

M. le curé s'excusa sur l'heure de sa visite. Il commençait sa tournée curiale par ceux qui rendent le plus de services à la paroisse. Il voulut remercier les Demoiselles qui, depuis des années, surveillent les fillettes pendant les offices et leur demander de lui continuer leur concours..... Il avait même quelques projets.....

Les demoiselles l'écoutèrent avec docilité. Ensuite, comme si elles remplissaient un mandat sacré, elles lui insinuèrent de se méfier de Jacques II.

Comme elles avaient été d'accord presque du premier coup sur le lieu où recevoir M. le curé, elles étaient, à cette époque, à peu près du même avis au sujet de Jacques II.

Longtemps, Mlle Constance avait excusé le petit-fils du brigadier, bien plus longtemps que Mlle Clémence qui, malgré son vocable, ne possédait pas les trésors d'indulgence de sa sœur longue et sèche.

Les motifs de réprobation qu'invoquaient les deux sœurs étaient différents, ainsi qu'il convient : Mlle Constance fuyait l'imprimeur et collaborateur du journal athée et socialiste ; Mlle Clémence, le courtisan de l'institutrice.

De leur mieux, à petites phrases hachées et prudentes, les demoiselles mirent M. le curé au courant de la situation.

M. le curé ne protesta pas comme chez les Gaudry. Etait-il ébranlé? Non point, mais il jugeait que quelques mots, son silence même le feraient comprendre par les Demoiselles qui sont fines.

Il ne se trompait pas.

Lorsqu'il les eût quittées, elles qui avaient peu parlé durant sa visite, retrouvèrent leur éloquence.

— Constance, ce jeune prêtre a des idées bizarres.....

— Clémence, ma sœur, à quelle heure allons-nous déjeuner? Ça ne vaut rien pour ta maladie d'estomac, ces heures..... déréglées..... Je ne sais pas si ses idées sont bizarres (apparemment, la longue Mlle Constance voulait parler des idées de « ce jeune prêtre »), mais il est comme j'étais : il soutient Jacques II!

— Il soutient Jacques II! il soutient Jacques II..... ma pauvre sœur!..... Est-ce qu'il y aura assez de pommes de terre, ma petite chatte?..... Je voudrais qu'il le vît avec sa Violette..... Tu ne me diras pas qu'un prêtre puisse trouver bien des choses pareilles.....

— Je ne te dis pas qu'il l'approuve..... Il le plaint.....

— Bien à plaindre, en vérité!..... Tiens, cette petite rayure rose que nous avons achetée ce matin..... tu as préféré le rose, moi j'aurais mieux aimé bleu.....

— On aurait pu prendre les deux.

Longuement, elles discutèrent sur l'opportunité de l'achat de la rayure bleue, Mlles Rondeau.

Elles étaient revenues dans le magasin. Mlle Clémence tenait encore une pomme de terre et un couteau dans sa main potelée, Mlle Constance drapait le zéphir rose dans sa main osseuse..... Elles convinrent que le rose et le bleu réunis feraient merveille à l'étalage.

Et puis, il leur arriva une cliente, deux clientes, trois clientes..... Et puis, je ne sais plus du tout à quelle heure elles purent « goûter ».

Mais si Mlle Clémence avait su ce qui se passait sur la route de Virelay, sans doute, malgré sa maladie d'estomac, aurait-elle dîné d'assez bon appétit.

Elle avait souhaité que M. le curé vît Jacques II avec « sa Violette ». Précisément M. le curé les rencontra. Il ne connaissait ni l'imprimeur ni l'institutrice, mais de moins perspicaces que lui auraient deviné qui étaient ce grand jeune homme imberbe et cette grande jeune fille si crânement coiffée d'un « napoléon ».

Jacqus II mettait alors une sorte de bravade à se montrer avec l'institutrice. C'était peut-être le plus clair du plaisir qu'il éprouvait dans ses promenades avec elle.

Au début de leur camaraderie, qui remontait à six mois déjà, il est bien certain qu'il trouvait musical son rire et spirituels ses propos..... Maintenant?..... Maintenant, j'oserais croire qu'il n'en est plus tout à fait de même.

Quoi qu'il en soit, il n'est pas fâché d'être vu en aussi aimable société par le nouveau curé de Saint-Gilbert qu'il sait l'ami de Paul Dubois.

Mlle Violette est très gaie, ce matin. Elle rit sans savoir pourquoi. Une fois encore, Jacques se laisse prendre par cette joie un peu frelatée. Parce qu'il s'interdit de descendre au fond de son âme, il peut croire qu'il est heureux.

Est-ce que tout, autour d'eux, ne respire pas l'allégresse de l'été naissant.

Tout est vert, les bois, les prés, les haies, et les champs sont blonds pour la moisson prochaine. Les coquelicots sont fanés, mais il y a encore quelques bluets, moins bleus que le ciel de juin, et des marguerites qui savent les secrets d'amour, qui savent mieux que moi si Jacques II a toujours le même cœur pour Violette.

C'est jeudi. L'institutrice est libre ; elle a fait toilette, comme tous les jours, d'ailleurs. Est-ce que Mlle Violette a une autre fonction sociale que de se parer et de sourire? Vous pensez qu'elle a sur les bras, ou, plus exactement, sur la conscience, le lourd fardeau de cinquante intelligences d'enfants, de cinquante âmes, de cinquante cœurs qu'on lui confie pour qu'elle les agrandisse..... Mais, vous devez vous tromper. Mlle Violette n'a jamais soupçonné que la République pût lui imposer pareille charge. On la paye, n'est-ce pas — et pas trop cher, — pour passer plusieurs heures par jour dans une salle de classe à faire ânonner, d'un air ennuyé et distrait, des règles de grammaire et des règles de calcul? Quand l'heure de la classe est passée, Mlle Violette est libre. Alors, l'adjointe de Saint-Gilbert joue des valses, lit des romans, fait sa toilette et se promène avec Jacques II..... Il le faut bien : il n'y a que lui, dans tout le pays, qui sache parler français et nouer sa cravate.

C'est même un bien vilain trou, ce Saint-Gilbert..... Mlle Violette voudrait changer de flirt, un peu, pour voir..... Mais, que voulez-vous, tous ces terriens sont par trop godiches. Jacques est seul.....

Aussi, la nièce de M. Ludovic — malgré la désapprobation de son oncle qui n'encourage plus cette amitié, — la nièce de M. Ludovic a bravé la chaleur de cette matinée pour venir à la rencontre de l'imprimeur du *Tribun* qui rentre de Virelay.

Il est maintenant près de midi..... Miséricorde! Comme le soleil est chaud! Toutes les petites bêtes qu'on entend dans l'herbe le lui crient à tue-tête ; toutes les petites bêtes ont fait toilette. Je ne parle pas de Mlle Violette..... Je n'aurais jamais tant d'impertinence!

Elle est vraiment délicieuse de courage d'avoir bravé un pareil soleil pour venir chercher Jacques II..... Elle a beau faire, elle ne parvient pas à s'abriter sous son ombrelle de toile blanche brodée, assortie à sa robe.....

Cependant, elle conte au jeune homme combien de temps elle a dû passer à ces broderies, fort jolies en vérité. L'imprimeur a le bon goût de s'intéresser au détail des points, et surtout à certaine petite roue à fils tirés, si minutieusement faite.....

Mlle Violette rirait volontiers..... Ce qu'il est naïf, ce pauvre Jacques II! Incapable de distinguer la broderie-mécanique de la broderie-main!

Un instant, l'institutrice pense lui avouer son mensonge. A quoi bon?..... Il a cette autre naïveté de croire que la vérité a quelque importance.

Le soleil monte, monte toujours..... Les petites bêtes de l'herbe et de l'air crient, crient toujours. Si elles attendent pour s'arrêter que le soleil s'arrête, elles ne vont pas tarder : voici midi.

Bientôt, Jacques II et la jeune fille vont arriver au bourg..... Encore quelques mètres et ils sont devant la maison de Çatravaille, à l'entrée du village.

On dirait que Saint-Gilbert s'est endormi sous cette chaleur. Tous les bruits sont assourdis et se fondent en un sonore ronflement.

Soudain, sans façon, Mlle Violette jette son ombrelle ouverte à Jacques II. Elle a vu, sur le talus, une marguerite qui lui fait bonne figure. Mieux que ses sœurs, celle-là doit connaître les profondeurs de l'âme de ce grand Jacques II qui s'amuse à faire tourner l'ombrelle de toile sur son épaule.

Jacques regarde machinalement une voiture qui arrive du bourg, au trot sans élégance d'un cheval de « domaine », puis, brusquement, il fait volte-face. Qui a-t-il donc reconnu?

Son amie le rejoint..... Les yeux verts sont fixés sur la marguerite blanche et jaune, presque toute jaune maintenant.

— Il m'aime un peu....., beaucoup..... pas du tout!

Mlle Violette daigne faire la moue, puis, ayant regardé le véhicule qui s'éloigne de Saint-Gilbert, les yeux verts reviennent à Jacques. Mlle Violette rit nerveusement :

— Pas étonnant! C'est l'amour d'antan qui passe..... et le reprend!.....

Comme un enfant capricieux et comme un malappris, Jacques a jeté l'ombrelle de toile, au risque d'abîmer les broderies, dans la poussière du chemin, et, sans daigner donner un mot d'explication à la jeune fille, s'en va vers la maison du brigadier.

VIII

Jacques Lefort, Jacques II et Claude Fayot étaient réunis dans la chambre du brigadier. Ils étaient réunis, et cependant bien loin l'un de l'autre, car, dès qu'ils cessaient de parler, leurs pensées s'en allaient sur des routes opposées, et même quand ils parlaient, les mots avaient pour chacun d'eux des significations différentes.

Depuis le commencement de ce mois de septembre 1911, Jacques Lefort était agité d'un grand frisson patriotique. Ses sentiments militaristes, encore exaltés sous les menaces de guerre avec l'Allemagne, coulaient comme un flot continu. Jacques Lefort ne prononçait pas quatre paroles sans que trois aient trait à la patrie, à l'Alsace, à la revanche. Cela tournait à la marotte sublime.

Jacques II laissait dire son grand-père comme on laisse parler un innocent. Et cependant, le brigadier ne disait que des choses bonnes et sensées. Pour Jacques II seul, il n'était ni bon ni sensé de rêver de la grande guerre qui pouvait garder l'honneur du pays.

Claude Fayot, le soldat, ne demandait pas la guerre, mais il était prêt. Ce soir-là finissait sa permission. Il allait retourner à la caserne, là-bas, jusqu'à Clermont, au cœur des Gaules, et ne sachant pas s'il reviendrait un jour — tout de même ces rumeurs de guerre étaient fondées, — il avait voulu revoir les deux Lefort.

Claude était le second des Fayot rouges, pas un doux comme son père, mais un géant comme lui. Au régiment, le fourrier avait eu du mal pour lui fournir des pantalons trop courts et une veste dont il faisait craquer les coutures. Il venait de mettre sur cette veste les galons de sergent qu'admirait Jacques Lefort.

Jacques II était agacé d'avance par les inévitables couplets patriotiques du brigadier.

— Moi, j'en ferais encore, des kilomètres à pied, ou autrement, disait le grand-père, pour voir un soldat français..... Je ne sais pas pourquoi, vieil imbécile que j'ai toujours été, je suis venu m'enterrer à Saint-Gilbert où je rencontre un pauvre petit troupier de temps en temps, au lieu d'habiter une ville où je verrais défiler des régiments..... ou plutôt, si, je sais pourquoi : c'est que Saint-Gilbert, c'est le pays.....

— Ah! oui, le pays! s'exclama le sergent, il faut le quitter pour le trouver encore meilleur..... J'aime mieux nos petites montagnes depuis que j'en ai vu de plus hautes..... Quand on revient, ça vous chatouille le cœur du plus loin qu'on aperçoit le clocher ou ce qui remplace le clocher. Tu verras ça, Jacques.

— C'est affaire de tempérament, répondit froidement l'imprimeur. Il y a des plantes qu'on peut changer de terrain sans qu'elles en souffrent.

Apparemment, Claude Fayot cherchait à piquer Jacques II, puisqu'il répliqua :

— On transplante les arbustes, pas les chênes. Chez nous, on tient au sol par toutes ses racines, on est élevé dans son amour..... Les Fayot sont peut-être godiches, sont peut-être patauds à côté des ouvriers effilés comme toi et tes camarades ; et ils ont la prétention de se croire aussi utiles et plus forts.

Rien ne justifiait cette sortie dans leur entretien, mais beaucoup de choses l'expliquaient dans la conduite de Jacques II depuis que Claude était au régiment. Le petit-fils du brigadier repartit :

— Vous avez encore la force corporelle ; vos muscles sont développés par vos travaux, mais ce n'est plus vous, paysans, qui êtes la force morale..... ou plutôt, cette force morale, vous ne l'avez pas su conquérir jusqu'à présent. Trop longtemps vous vous êtes appuyés sur ceux qui ne comptent pas : le noble, le bourgeois ou le prêtre.

Claude Fayot eut un vague sourire sur sa bonne face un peu rougeaude. Evidemment, cette prose du *Tribun*, ces phrases de réunions socialistes avec lesquelles on jette le désarroi dans les âmes de prolétaires n'avaient aucune action sur lui. Beaucoup moins affiné que son frère l'abbé et ses sœurs, Jeanne et la religieuse, il tenait cependant du maître des Tilleuls et de Monique Fayot un solide bon sens..... Le solide bon sens de Claude lui suffisait bien pour rire de ces attrape-nigauds. Mais, depuis huit jours qu'il était aux Tilleuls, le sergent avait résolu d'avoir une explication avec l'imprimeur du *Tribun*. C'est pourquoi il réprima son sourire et continua la discussion.

Jacques II dut développer devant lui toute la doctrine sociale du *Tribun*, ou plutôt la sienne, car le journal oscillait facilement sur ce point.

Relativement à la réduction des heures de travail, à la fixation d'un minimum de salaire, au développement de la législation sociale, Claude Fayot n'avait rien à redire, mais Jacques II ne dissimulait pas qu'il voyait dans le réglement de ces questions un *modus vivendi* en attendant le grand soir rêvé par son âme d'apôtre, et sur ce point, les jeunes gens ne pouvaient plus s'entendre.

— C'est de l'anarchie! dit le terrien.

— Non, c'est du socialisme, tout simplement. Nous ne sommes pas des égoïstes attachés seulement à leurs fermes, à leurs bœufs, à leur coin de terre ; nous rêvons le mieux-être de l'humanité entière..... Nous tendons la main à tous les faibles pour qu'ils deviennent forts.

— Et vous assommez tous les forts pour qu'ils deviennent faibles..... Ça fait une petite variante. A chacun son tour! Mais, mes gaillards, partisans de la mine aux mineurs, le partage des biens et autres balançoires, ne venez pas vous frotter là-haut, ne venez pas aux Tilleuls, si vous voulez expérimenter votre système ; on vous recevrait à coups de bottes et à coups de bêches, et les forts resteraient les forts.

— Tu exagères, tu ne raisonnes pas.

— Pour raisonner, mon ami, j'ai toujours pensé qu'il fallait avoir de son côté la raison : j'espère n'être pas tout à fait imbécile..... Mais si, par raisonneur, tu entends beau parleur, je n'en suis pas..... Je n'ai pas fait mes classes. J'aime mieux piquer mes bœufs que conjuguer un verbe.

— Tu déplaces la question.....

— Justement, mon cher, parce que je ne suis qu'un rustaud de paysan qu'on ne verra jamais aspirant député.....

— Ne vous échauffez pas, mes enfants!.....

Jusqu'à ces paroles d'apaisement, le brigadier n'avait pas placé un seul mot dans la discussion. Les questions agitées l'intéressaient peu. Quelques mois plus tôt, les utopies socialistes de son petit-fils eussent excité sa réprobation. A cette heure, tout ce qui ne touchait pas directement à l'intégrité de la patrie française le laissait indifférent.....

D'ailleurs, depuis six mois, il avait consenti à ce que Jacques II imprimât le *Tribun*, jadis tant décrié. C'est que, disait-il, mieux vaut être trop rouge que trop blanc..... Cependant, il avait quelque remords de cette concession. C'est pourquoi il ne cessait de parler à son petit-fils de 93, des grands ancêtres, de la patrie envahie, et se persuadait que le *Tribun* était devenu patriote. Il ne le lisait pas afin de garder son illusion.

Ce fut sans doute aussi pour la mieux conserver qu'il quitta les jeunes hommes, qu'il quitta la maison et marcha lentement dans son jardinet.

Cette après-midi de septembre était chaude ; le vieux soldat avait le front moite ; il avait aussi les jambes vacillantes. Le temps orageux ne suffisait pas pour expliquer ce malaise.

Habitué à mépriser sa fatigue corporelle, Jacques Lefort n'y prit pas garde. Seulement, il aspirait très fort et trouvait l'air brûlant comme l'atmosphère voisine d'un champ de bataille.

Il fit le tour de sa maisonnette en la regardant avec amour. Plusieurs fois il se baissa pour arracher une herbe folle poussée depuis la veille dans l'allée étroite bordée de buis. Chaque fois, c'était avec effort qu'il ployait et redressait son grand corps maigre.

Quand il fut du côté de la chambre de Jacques II, du côté des montagnes, il s'assit sur un banc de bois adossé au mur de la maison et laissa son esprit vaguer à l'aventure.

Le soleil se couchait. Il y avait sous bois un poudroiement d'or. Au-dessus de Jacques Lefort, le ciel était encore bleu, mais plus loin, au couchant, de gros nuages gris fumée s'étiraient comme des bêtes étranges.

Le brigadier ne demeura pas cinq minutes à cette même place. La pesanteur de l'air augmentait, et bien plus augmentait le mal de son âme. Une véritable phobie de la solitude et de la mort s'emparait de tout son être ; une frayeur telle le secouait qu'il se hâta de rentrer.

Les deux jeunes hommes ne remarquèrent pas de quels yeux ardents il les considéra à son retour. Ils étaient tout entiers aux paroles qu'ils échangeaient.

Claude Fayot, peu discoureur à son ordinaire, ne paraissait pas disposé à clore un débat qu'il avait ouvert.

— Je ne parle pas des ouvriers en général, disait-il, je parle de toi, Jacques, et de moi.....

— Je t'ai dit que notre discussion demeurerait dans la généralité.

— Et moi, je te déclare, Jacques Lefort, que cette explication doit être entre nous deux. Après tout, si tu es franc, moi aussi, je le suis. Je vais droit à une question qui me fatigue depuis des mois. Qu'est-ce que tu deviens, toi, Jacques II?..... Comment?..... Pourquoi as-tu tourné le dos à l'Eglise et au prêtre? L'an dernier, aux vacances, tu ne quittais pas l'abbé..... Cette année, il a passé peu de temps aux Tilleuls, et tu n'en es pas fâché..... C'est tout de même gênant de ne pouvoir adresser la parole à un ami d'enfance parce qu'il porte une soutane. Quand je suis parti pour le régiment, je te voyais à la Messe chaque dimanche..... A présent, tu crains que la voûte de l'église t'écrase. Console-toi : on va la consolider. Non seulement tu n'entres pas, mais tu fais un détour par le petit chemin des Anguilliers pour ne plus passer devant l'église, la cure et le cimetière..... Est-ce que les morts, est-ce que le prêtre, est-ce que le bon Dieu te font peur, à toi qui es si fort?

— Tu fais allusion à ma volte-face..... Je t'en souhaite une semblable pour ton bonheur..... Je n'ai aucune honte à l'avouer : j'étais trompé, je me suis détrompé.

Jacques II parlait avec son flegme habituel. Sa voix s'éleva un peu, s'échauffa surtout sous la pression d'un sentiment profond lorsqu'il ajouta cette profession de foi à rebours :

— Je sais maintenant que l'homme ne relève que de lui seul ; j'ai ma liberté entière, je puis m'enivrer de liberté..... Je sais que nous avons cette vie seulement à vivre, et donc que nous devons la vivre intense, avec la plus grande somme de jouissances possible, mais surtout avec le plus de lumières et le plus de vertus que nous puissions acquérir. Sachant ces choses qui font ma sécurité et mon orgueil, je n'ai pas le droit de les laisser ignorer à mes frères..... Même si je trouvais consolant le mensonge, je crierais : c'est l'erreur..... Je n'oserais pas, comme ton frère l'abbé, enseigner ce que je ne crois plus.

A ce coup droit contre la sincérité de son frère, Claude Fayot se contint pour ne pas souffleter la face pâle de l'imprimeur. Sa voix tremblait de colère lorsqu'il repartit :

— Mon frère enseignera ce qu'il croit quand il sera prêtre. En ce moment, il travaille pour le devenir. Il en sait plus long que toi, Jacques II, et il prie..... Et tu n'empêcheras pas de plus savants que toi, de plus savants que lui de prier Dieu..... Quand tu seras mort et qu'on ne parlera plus du *Tribun* ni de l'imprimerie du *Tribun*, il y aura encore des savants et des ignorants qui prieront Dieu, n'est-ce pas, brigadier?

Le brigadier inclina sa tête chenue en signe d'assentiment.

— L'erreur commune ne prouve rien contre la vérité, répliqua Jacques II. La matière est éternelle ; il est inutile, votre Dieu créateur!

Cette fois, le brigadier éleva la voix :

— Tais-toi!..... Tu blasphèmes..... Il y a un Dieu justicier.

Cette fois, le brigadier avait élevé la voix, mais une voix toute changée, une voix qui sortait péniblement. Claude Fayot en fut frappé. Il regarda l'aïeul. Le visage était du même blanc que de coutume ; seuls, les yeux se striaient de rouges filaments.

Jacques II ne remarqua rien. Il disait :

— Et pourtant, mon père, c'est toi qui m'as débandé les yeux afin que je voie.

— Quand cela?

— Quand cela?..... Mais quand tu m'as dit de choisir un chemin et d'y marcher..... Quand cela? Mais quand tu m'as détourné de l'église.

— J'admets que tu n'ailles plus à la messe ; je n'admets pas que tu ne croies plus en Dieu.....

— N'allant plus à la messe, j'ai compris d'abord qu'on peut vivre et bien vivre sans église et sans prêtre, puis j'ai compris enfin que le règne de la religion catholique va finir, comme tous les règnes et toutes les religions..... J'ai toujours aimé mes frères les ouvriers. Autrefois, je me disais catholique-démocrate. L'un de ces deux mots ne signifie rien. Je ne suis que démocrate, et peut-être matérialiste, à présent.

Jacques Lefort laissa voir qu'il n'était pas content.

— Je n'aime pas toutes ces histoires de socialisme et de démocratie..... Etre bon républicain, ça suffit! Je t'ai laissé cuisiner ce *Tribun* qui ne valait pas grand'chose pour que tu le rendes meilleur..... Au lieu d'aboyer contre les curés, roquets que vous êtes, vous feriez beaucoup mieux de mordre aux jambes l'Allemand qui nous insulte.

— L'Allemand est mon frère, comme le Français, dit Jacques II.

C'était la première fois qu'il osait montrer son internationalisme en face du chauvinisme de son aïeul.

D'un coup, l'illusion du brigadier, l'illusion si jalousement gardée fut arrachée..... Elle fut arrachée comme l'appareil d'une plaie..... Et alors saigna la blessure ouverte.

Jacques Lefort marchait dans sa chambre, mais, par instants, ses jambes se dérobaient sous lui. Il s'asseyait..... Ses mains s'agitaient comme si les doigts eussent froissé une étoffe invisible..... Et puis, il marchait de nouveau.....

Soudain, il s'arrêta en face de Jacques II :

— Je ne te laisserai pas insulter la France, dit-il. J'ai juré que je n'abriterais jamais un lâche, un sans-patrie sous mon toit..... Tu comprends?

— Je ne suis pas un lâche.

— Tu es un misérable!..... Comment! toi, le fils de mon fils, tu as dégénéré jusque-là! J'aimerais mieux te voir une tonsure de moine que cette âme de bandit..... Alors, si l'ennemi passait la frontière.....

Devant le vieux soldat tout frissonnant d'une des plus nobles émotions qui soient, Jacques II resta impassible. Avec une cruauté calme et peut-être inconsciente, qui fit mal à Claude Fayot, il répondit :

— Si l'ennemi passait la frontière et que je fusse soldat, je lèverais la crosse en l'air..... Par principe, je le devrais.....

Le brigadier tomba presque sur une chaise.

Il parlait d'une voix à peine perceptible :

— Tais-toi!..... Tu me fais mal..... Tu refuses de porter les armes contre l'étranger et tu prends plaisir à torturer ton père..... Tout ce que j'ai aimé, tout ce que j'ai passionnément servi, tu viens aujourd'hui le mettre sous tes pieds.....

Claude Fayot s'était rapproché de l'aïeul qui s'appuya sur son épaule pour aller jusqu'à la fenêtre ouverte.

— Je me sens mal, dit-il, j'étouffe..... Est-ce ma vieille blessure de Bagneux qui se rouvre?..... Ah! si elle pouvait se rouvrir afin que je lave de mon sang son injure au drapeau!....

Jacques II, demeuré debout entre les deux alcôves, sans oser secourir son père, murmura :

— Je n'insulte pas le drapeau ; je l'ignore.

Jacques Lefort tourna la tête du côté de son petit-fils. Sa colère était tombée. Il n'était plus que suppliant..... Pour qui connaissait Jacques Lefort, cette attitude, qui n'avait jamais été la sienne, marquait le désarroi de tout son être.

— Jacques, demanda-t-il, dis-moi que c'est de la folie..... S'il le fallait, tu donnerais tout ton sang pour la France, dis?

Le jeune homme ne voyait pas ce vieillard qu'une parole d'amour pour la terre, sa mère, pouvait ranimer ; il ne voyait que son âme à lui, desséchée par les faux raisonnements..... Comme il la voyait, il la voulait montrer, étant plus ami de la vérité que de son père même.

— La France, dit-il, je n'y crois plus depuis que je ne crois plus en Dieu.....

De nouveau affalé sur son siège, les yeux de plus en plus sanguinolents, le brigadier parlait sans trêve :

— Ecoute-moi, Claude Fayot : Ils sont bien heureux, ceux qui meurent soldats, ceux qui meurent avant d'avoir eu des fils..... Il est bien heureux, le vieux Gaudry qui mourra de la mort de ses cloches ; il est bien heureux, Célestin Çatravaille : il mourra en enfonçant des clous ; il est bien heureux, ton père, si ses fils ne sont pas des maudits..... Ils sont bien heureux.....

Inquiet, Jacques se rapprocha et dit timidement :

— Grand-père.....

— Tais-toi! Va-t'en! Toi, Claude, reste-là!

Puis il reprit son étrange soliloque. On eût dit entendre les plaintes traînantes d'une vieille femme. Le brigadier n'était plus lui-même.

— Il est bien heureux, le père de Paul Dubois, de Virelay : son fils a un bras cassé, son fils est un jésuite, mais il est bien heureux..... Moi j'ai perdu le chemin, le bon chemin..... Je suis bien malheureux.....

Jacques Lefort devenait rouge et pâlissait tour à tour. Claude voulut s'éloigner pour offrir à Jacques II d'aller chercher un médecin, mais le brigadier le retint :

— Reste là, Claude Fayot, reste là..... afin que je puisse finir ma vie en regardant toujours les couleurs que j'ai tant aimées. Ah! ma vieille blessure de Bagneux, je sens qu'elle se rouvre, et j'en meurs..... Mais elle me fait moins souffrir que l'autre : celle du cœur.

Jacques glissa à l'oreille du sergent, en passant près de lui :

— Tu restes, Claude?.... Je cours à Virelay prévenir le docteur.....

Jacques Lefort n'entendit pas distinctement. Ses yeux un peu vagues se fixèrent sur son petit-fils. La peur, la grande peur qui l'avait mordu tout à l'heure, lorsqu'il était assis en face des montagnes, l'assaillit de nouveau. Cette fois, il ne la laissa pas l'étreindre, mais, la domptant d'un violent effort de volonté, commanda :

— Pas besoin de médecin pour mourir..... Va chercher le prêtre! Va-t'en!

IX

Jacques Lefort était mort : le prêtre avait entendu sa dernière confession, écouté ses recommandations suprêmes.....

Maintenant, il ne restait, dans la maison aux volets verts, que le cadavre rigide et cicatrisé du vieux soldat.

Mme Frisette et Mme Christine avaient paré ce corps de ses plus beaux habits, avaient épinglé sur sa redingote, serrée comme une tunique, sa médaille militaire ; elles avaient placé un chapelet à grains jaunes entre ses doigts bleuis. Près du lit, sur une petite table recouverte d'une serviette blanche, on voyait un crucifix entre deux cierges, un bol avec du buis pour l'eau bénite.

Jacques Lefort était mort, et Jacques II était vivant. Mais lui se demandait s'il était bien vivant. Certainement, quelque chose s'était brisé dans son être. Est-ce qu'il n'était pas une ombre errante parmi d'autres ombres?..... D'ailleurs, qu'est-ce que la vie? Et qu'est-ce donc que la mort?

Jacques Lefort était mort la veille au soir. Depuis, Jacques II n'avait pas dormi, n'avait pas parlé, n'avait pas pleuré..... Avait-il souffert? Ah! certes oui, il avait souffert.

Il s'était enfermé dans sa chambre tandis que les femmes l'habillaient, puis veillaient le mort. Il s'était enfermé dans sa chambre, et tantôt assis, tantôt marchant autour de sa table, il avait tourné et retourné dans sa pauvre tête mille pensées désolantes et dévastatrices.

Il ne songeait pas à Jacques Lefort. Pourquoi se serait-il inquiété de Jacques Lefort qui avait cessé de souffrir et dont l'âme venait de s'évaporer, de se perdre dans le grand tout? Il ne voulait pas penser à Jacques Lefort, mais il se lamentait sur lui-même et sur toute l'humanité vivante et dolente.

Pauvre Jacques II!..... C'est, en effet, une comédie lugubre que la vie pour ceux dont le cœur est vide. Et voici que, dans le cœur de Jacques II, il n'y avait rien, plus rien, tellement rien qu'il ne savait pas s'il était encore vivant.....

Il vaudrait beaucoup mieux n'être pas un vivant. La lumière du jour renaissant est odieuse ; l'éternelle, l'épaisse, l'impénétrable nuit est douce..... pour celui qui a souffert.

Comme des oiseaux noirs, des pensées criminelles voltigent autour de Jacques II.

Avant de quitter cette misérable existence, le jeune homme remonte vers son passé : les années d'enfance, les années d'adolescence, les années d'apprentissage, et ces quelques mois, ces six derniers mois durant lesquels il fut une manière de personnage, l'imprimeur du *Tribun*, le collaborateur du *Tribun*. C'était bien court. Il avait eu peu de temps pour jouir, peu de temps pour aimer, peu de temps pour s'instruire, et il avait eu beaucoup de temps pour souffrir. On trouve toujours du temps pour souffrir.

Cependant, sur la grisaille des souvenirs brillent trois points lumineux. Comme ils grandissent! comme ils étincellent!..... Dans le passé, le passé terne, trois grandes amitiés ébauchées, pas même réalisées, seulement espérées, lui ont donné ses meilleures joies : Paul Dubois, Jeanne, et Celui qui les réconfortait l'un et l'autre, Jeanne et Paul Dubois, Celui qui voulait sauver Jacques II : le Christ Jésus.

Maintenant, sur la grisaille des souvenirs, une seule amitié rayonne : elle absorbe les autres amitiés ; elle ne les exclut pas ; elle les contient toutes. Elle est plus profonde ; ses relations sont à l'intime de notre intime. Elle est plus intense ; elle prend tout le cœur, mais elle l'agrandit..... Ce point lumineux, cette amitié lumineuse dépasse le passé, envahit l'avenir, prend toute la vie, tous les siècles des siècles de l'éternité.....

Une minute, une seule minute, Jacques a la vision de ce qui pourrait être et qui n'est pas : le Seigneur Jésus n'est plus pour lui que le Galiléen savant et saint des philosophes ; il n'est pas le Dieu des chrétiens.

Le jour grandissait. Les premiers bruits du matin à la campagne : chants des coqs, beuglements des bœufs, grincements des lourdes portes, chocs de seaux sur la margelle des puits brisaient le silence. La fraîcheur entrait par la fenêtre ouverte en face des petites montagnes boisées, dominées par le Beuvray au double sommet, le Beuvray sombre sur le ciel bleu à peine.

Jacques II avait la tête vide. Il grelottait et il étouffait à la fois dans cette chambre. Un désir intense de sortir, de marcher, de se perdre sous l'ombre des bois le tenaillait. Sans se demander si ce qu'il faisait était ce qui doit se faire, sans aller voir ce qui se passait dans la chambre du mort, confiant dans les deux femmes qui priaient près de lui, il prit un vêtement, un chapeau et sortit.

Il ne fit pas le tour sur la route, par le petit escalier creusé dans le roc, mais, dédaignant tous les chemins tracés, escaladant les haies, coupant à travers pré, il courut à la forêt.

Forêt consolatrice, forêt bienfaisante, mais pas pour ceux qui portent leur mal au dedans d'eux-mêmes, non pas pour ceux qui ont le cœur mort, pas pour Jacques II!

Comme celui-ci touchait les premiers hêtres, Pierre Gaudry sonnait l'Angélus ; après l'Angélus, lentement d'abord, puis nerveusement, violemment, éperdument, ses deux cloches tintèrent pour son vieil ami.....

Jacques II se découvrit. La forêt semblait une cathédrale..... Il marchait dans un chemin un peu sombre comme sont, le matin, les allées des vieilles églises..... Entre les branches vertes, un morceau de ciel bleu avec les taches rouges et roses du soleil levant luisait comme une verrière.....

Mais Jacques II sait que tous les temples sont vides. Il connaît les objections qu'ont accumulées devant son esprit les livres menteurs ; il ne veut pas voir les douces preuves de la vérité ; il n'ose pas écouter la voix intime qui lui crie de ployer les genoux.

Combien de temps a-t-il marché dans la forêt? Quand il revient, toujours par les champs, à la maison du brigadier, quand il revient en se cachant comme un voleur, 8 heures sonnent aux horloges bien réglées..... Chez Jacques Lefort, il est 9h. 20, l'heure de la mort, la veille au soir.

Cette fois, Jacques II pénètre dans la chambre mortuaire. Maman Christine est toujours là. Ses petits yeux décolorés clignotent dans sa face grassouillette. Elle a ramené frileusement sur sa poitrine son châle de laine tricotée. Elle a toujours son petit sourire figé au coin de sa lèvre..... Elle dit à mi-voix :

— Lazarette est partie donner un coup d'œil chez elle, faire un peu de ménage..... C'est dimanche aujourd'hui..... Elle va demander aux Demoiselles de nous remplacer un peu..... Et puis, ça va commencer à se savoir, le monde entrera donner de l'eau bénite..... Ça-travaille a dû déjà commencer le cercueil.....

Jacques fait signe qu'il a compris.

Il reste debout au pied du lit funèbre.

La femme du sacristain, assise en face du mort, égrène son chapelet, murmurant jusqu'à perdre souffle :

— Je vous salue, Marie.....

La fin de la première partie de l'*Ave* expire dans sa gorge sèche. On l'entend reprendre, comme un grand soupir :

— Sainte Marie, Mère de Dieu.....

Jacques n'aurait pas voulu que maman Christine ne fût pas là, qu'on n'entendît pas cette mélopée de prières près du mort, qu'on ne vît pas les deux vacillantes petites flammes jaunes de chaque côté du Christ, les deux petites flammes jaunes clignotantes dans la lumière du matin qui envahissait la grande salle et les yeux de maman Christine fatiguée de sa veille.

Pourtant, Jacques II sait bien que tous ces murmures et toutes ces flammes n'ont aucun rapport avec la réalité du lendemain de la vie. Mais qu'est-ce que la réalité?

Vaines images que ce Christ et ce buis bénit, gestes vains que les mains croisées du mort et de la femme qui implore pour son âme!

Jacques le sait, et de le savoir et de le croire le torture comme une agonie.

Debout au pied du lit, il n'ose même pas lever les yeux sur celui qui est là.

Le mort a la face moins pâle que le vivant qui, par habitude, repousse sa longue mèche noire, d'un geste las.

Maman Christine considère le pauvre garçon. Elle enroule

son chapelet autour de son bras et dit, du même ton que si elle continuait sa prière :

— Tu ne tiens plus debout, mon p'tiot. Faudrait une bonne tasse de café..... Tu devrais aller trouver le père Gaudry..... Il fait toujours chauffer la sienne, un moment avant la messe.....

Jacques ne s'est même pas rendu compte que ces paroles s'adressaient à lui. Il les laisse tomber..... Il est toujours debout au pied du lit.

Alors, Christine Gaudry, bien que ça ne se fasse pas, aimant mieux secourir le vivant qu'honorer le mort, ranime le feu, fait chauffer l'eau et cherche ce qu'il faut pour le café.

. . . .

Ce ne fut pas un dimanche comme les autres dimanches celui où l'on apprit à Saint-Gilbert la mort du brigadier.

Il y eut bien des rassemblements sur la place, avant la messe, bien des rassemblements sur la place, après la messe, beaucoup de soupirs parmi les femmes, beaucoup de froncements de sourcils parmi les hommes.

Les femmes soupirèrent, surtout chez les Demoiselles ; les hommes froncèrent les sourcils, particulièrement au *Soleil d'Or*.

Vers 3 heures, au moment où les quatre compagnons faisaient d'ordinaire leur manille, Firmin Fayot entra chez Ça-travaille.

Le premier mot du fermier des Tilleuls fut cette courte oraison funèbre :

— Pauvre Jacques Lefort! Un brave homme de moins!

— Oui, répliqua Ça-travaille, un brave homme de moins : peur de rien et bon comme du bon pain..... un comme il n'en pousse plus!

— Il a fait ses trois quarts de siècle, environ.

— Il était charpenté pour aller plus loin.

— Il avait tant peiné dans sa vie, fait tant de campagnes, abattu tant de kilomètres..... Ça use tout de même!

— Ça use, ça ne tue pas!

Les deux hommes demeurèrent silencieux pendant plusieurs minutes.

Célestin Mayeul allait de sa chaise à la porte de la grande salle, puis revenait s'asseoir, puis retournait..... Jamais Firmin ne l'avait vu s'agiter ainsi vainement. Toujours calme, le maître des Tilleuls reprit :

— Il n'y a pas à dire, il n'est pas mort de maladie.....

— On meurt d'autre chose encore, Firmin..... Non, il n'est pas mort de maladie, il n'est pas mort de vieillesse, il est mort de honte et de chagrin, lui, mon pauvre Lefort! C'est une pitié!

Gravement, le mari de « ma mère Monique » repartit :

— C'est une pitié et c'est une justice. Jacques Lefort a toujours cru en Dieu ; il a toujours honoré la religion. Pourquoi a-t-il refusé de la pratiquer? Bien plus, son âme repose en paix à présent, le pauvre vieux! mais, c'est lui qui a retenu son petit-fils sur le chemin de l'église..... Si Jacques II est allé si loin de l'autre côté, la faute n'est pas pour lui seul.....

Ça-travaille était assis..... Il se leva de nouveau et debout, « planté », comme ils disent dans le pays, en face du terrien, il parla sans arrêt comme s'il laissait passer un torrent longtemps contenu.

— Soutiens-les donc, toi, Firmin! Soutiens-les, ces enfants qui font mourir leurs pères! Tu en as huit et tu les aimes. Moi, je n'en ai qu'un et je l'aimais trop. Je ne sais pas quel mal a fait le brigadier en empêchant son garçon d'aller à l'église. Moi, je n'y vais pas souvent et je suis honnête ; toi, tu y vas tous les dimanches, et tu es le plus honnête homme du pays. Nous sommes, à nous deux, les deux plus honnêtes du pays..... Je ne dis que la vérité..... Mais, mon fils Auguste aussi fréquente l'église ; il est du bon côté ; il va à la messe où sa femme peut montrer ses toilettes..... et c'est un ingrat. Tu ne diras pas le contraire ; c'est un ingrat et pire encore..... Qu'est-ce que j'ai fait pour qu'il me méprise? C'est peut-être moi, n'est-ce pas, qui ai eu tort de me saigner aux quatre veines pour payer ses études et son étude?..... Moi et sa mère, voilà trente ans que nous travaillons pour lui, pour lui seul.... C'est notre faute s'il n'a pas de cœur?

Le fermier n'aurait peut-être pas dit non et il aurait expliqué sa pensée si Ça-travaille lui en avait laissé le temps..... Le flot de récriminations montait toujours.

— Sais-tu comment on me remercie à présent? Je vais te le dire..... M. le notaire de Virelay ne se trouve pas bien à Virelay. C'est une trop petite ville. On n'a affaire qu'avec des marchands de bœufs. Et puis, surtout, c'est trop près de Saint-Gilbert. Madame attend un héritier. Il ne faut pas que ce petit prince sache qu'il a un vieux grand-père qui se tue pour lui sur l'établi, une vieille grand'mère qui va laver son linge à la rivière..... Le notaire quitte Virelay..... Il vend l'étude qui est bonne et en achète une autre, une grosse affaire pour laquelle il faut beaucoup d'argent. Sa dot et celle de sa femme n'y suffisent pas..... Qu'il en demande à son beau-père, de l'argent, il en a..... Pas de danger! Il y a le père Mayeul qui n'a que ses deux bras..... Allons, mon père Ça-travaille, continue de trimer! Cherche au fond de ta bourse si tu n'as pas encore quatre sous pour tes vieux jours..... Ils seront pour ton fils notaire..... On te payera les intérêts sur ta succession. Ah! Firmin! Le jour où ils l'auront, ma succession, ils seront heureux..... Je n'en laisserai pas lourd, mais quel débarras!

— Tais-toi donc! Tu ne penses pas ce que tu dis.....

— Si, je le pense..... Et la mère Frisette aussi le pense..... Elle n'en dit rien, la pauvre femme, elle fait celle qui est toujours contente de son garçon, mais elle ne peut pas souffrir la dame, la belle dame..... Pauvre maman Frisette! Elle qui se réjouissait d'être grand'mère, d'avoir de petits enfants à dorlôter..... Mais elle n'est pas digne d'être leur grand'mère à ces petits-là, pas même leur bonne!

Depuis longtemps, Firmin pensait tout ce que venait de dire Ça-travaille ; cependant, quand celui-ci eut terminé son réquisitoire contre ce « fils Auguste » tant admiré jadis, le maître des Tilleuls n'ajouta rien. Il savait que ceux qui se plaignent de leurs enfants n'aiment pas du tout qu'on soit de leur avis.

Les deux hommes demeurèrent donc, de nouveau, sans parler, jusqu'à ce que le sacristain vînt les rejoindre.

Pierre Gaudry entra à petit bruit, comme à son ordinaire, s'avança jusqu'auprès des deux hommes.

— Un, deux, trois..... Nous étions quatre bons camarades, il y a huit jours.

— Quatre anciens du pays qui nous étions toujours connus et qui nous aimions bien, répliqua Firmin Fayot.

— Le plus vieux est parti, reprit le sacristain, c'était son tour..... Le mien n'est pas loin.

— Le mien non plus, ajouta Ça-travaille. Je ne m'en plains pas : c'est assez dur de vivre en un temps où les enfants tuent leurs pères.

..... Ce fut la seule allusion, très voilée, que fit le menuisier à ses propres soucis.

Un quart d'heure après, comme Pierre Gaudry lui demandait si vraiment le notaire allait quitter Virelay, il répondit :

— Mon cher, quand on trouve son avantage, il faut le prendre. Mon fils Auguste peut acheter et faire prospérer une maison plus importante que l'étude de Virelay, qu'il en profite!..... Il est jeune ; voilà qu'il va avoir de la famille..... Ça coûte à élever..... Ça coûte.....

Firmin Fayot comprit que le silence est d'or.

Tandis qu'on devisait ainsi chez Ça-travaille, tout était silence chez les Demoiselles.

Dans le petit magasin où l'odeur de cotonne neuve se mêlait désagréablement au parfum du café fraîchement brûlé,

Mlle Clémence lisait. Depuis quelques minutes seulement elle était seule ; quelques instants après, sa sœur la rejoignait. Dès que la petite Mlle Clémence aperçut le chapeau de la grande Mlle Constance, elle abandonna sa lecture.

— Viens vite, Constance, dit-elle, viens, ma petite chatte (c'était, nous l'avons déjà entendu, le mot d'amitié de Mlle Rondeau cadette), je t'ai préparé un bon chocolat.

Ce disant, la demoiselle rondelette mettait des biscuits sur une assiette, puis se dirigeait vers la cuisine.

— Mon petit, répliqua Mlle Constance, il faut attendre un peu pour faire les 4 heures : Monique et sa fille sont allées, en sortant de vêpres, chez ce pauvre brigadier ; elles m'ont promis de passer ici, en revenant.

— Alors, il faut ajouter du chocolat, il faut ajouter des gâteaux..... Qu'est-ce qu'elles aiment bien, les cousines?

Mlle Clémence s'agitait..... A elle seule, elle remplissait toute la cuisine, assez grande pourtant..... Elle était partout à la fois.

Soudain, elle fit une mine longue — oh! pas d'une aune, je n'ai pas dit : longue d'une aune, — mais aussi longue que peut s'allonger une physionomie pareillement épanouie.

— Constance, dit-elle, si tu savais : le marquis n'épouse pas Blanche de Bougival.....

— Qu'est-ce que je t'avais dit? s'écria Mlle Constance avec autant d'enthousiasme que si le marquis en question eût laissé de côté cette Blanche de Bougival pour demander la main de Mlle Rondeau aînée.

— Tu m'avais dit qu'il ne l'épouserait pas, répondit piteusement Mlle Clémence..... Et moi, j'étais persuadée qu'il l'épouserait..... J'aurais parlé je ne sais quoi..... Et jamais je ne me trompe dans les histoires (car il s'agissait d'une histoire, vous l'avez sans doute deviné)..... Je sais la fin dès que je vois le commencement.

— Pour une fois, tu ne l'as pas vue.....

— N'empêche qu'il aurait beaucoup mieux valu qu'il l'épouse, au lieu de partir en Amérique..... Ils l'ont fait partir en Amérique..... Je n'aime pas ces romans qui finissent mal..... sans un mariage.....

— Comme le nôtre.....

— Tais-toi donc!

Que voulait dire Mlle Clémence? « Tais-toi donc! » C'est effrayant..... Avait-elle l'intention noire de rompre l'association Rondeau-sœurs ou d'y introduire un élément masculin et perturbateur?..... Après tout, elle était la plus jeune des deux demoiselles : quarante-deux ans et non pas quarante-cinq!

..... Jeanne et sa mère arrivèrent peu après chez les tantes. Monique Fayot paraissait émue et Jeanne avait les yeux rouges.

Les tantes s'empressèrent de servir le chocolat qu'on prit dans la cuisine, à cause du tapis neuf de la « salle », le tapis à fleurs roses. Naturellement, on parla du brigadier. Et quand on eut parlé du brigadier très peu, on parla de Jacques II, beaucoup......

Mlle Clémence ne pouvait admettre que Dieu eût, un jour, assez de miséricorde pour pardonner à ce grand coupable qu'était « le petit Lefort ». Mlle Constance était presque aussi affirmative. Monique Fayot excusait Jacques II sur ce qu'il était sans mère ; Jeanne se taisait.

Dans la pénombre de la chambre mortuaire, elle avait aperçu son promis de jadis. L'espace d'un éclair, leurs yeux s'étaient rencontrés. Elle ne voyait plus maintenant que ce blême visage. C'est à peine si elle entendait ce que disaient les Demoiselles ; elle ne songeait pas à protester.

Pour la tirer de sa tristesse qu'elle croyait provoquée par la vue du mort, Mlle Clémence l'emmena dans le petit magasin..... Elle voulait lui faire admirer des serviettes, une nappe, tout un service de table en toile damassée, comme il lui en faudrait bientôt « à elle, la petite Jeannette, pour son trousseau ».

La jeune fille, d'ordinaire si enjouée, la suivit sans enthousiasme, donna un regard sans amour à la toile jaune et raide, la toucha, sans savoir ce qu'elle touchait.

Mlle Clémence jugea que cette peine était bien profonde qui ne cédait pas devant du « si beau linge..... » Mais une meilleure, bien meilleure occasion de dérider Jeanne s'offrit à la demoiselle.

Mlle Clémence est une intuitive. Elle devine les pas de ceux qui sont à un kilomètre de chez elle et qui vont venir. Explique ce don qui pourra l'expliquer!

Imaginez-vous que la plus jeune des tantes fut se mettre sur le pas de la porte, juste au moment où un jeune homme allait passer, qu'elle appela Jeanne qui, ne se doutant pas du piège, accourut ; que le jeune homme susdit enleva son chapeau et que la demoiselle eut le front de l'interpeller :

— Monsieur Henri, quel bon vent vous amène à Saint-Gilbert?

Le jeune homme se détourna pour répondre. C'était un solide garçon, presque aussi grand que Jacques II et assez bien taillé ; peut-être un peu trop carré d'épaules, mais si peu..... Il était habillé d'un complet de drap anglais gris trop clair et coiffé d'un canotier de paille blanche.

L'habit de M. Henri était trop clair, à cause du soleil — je dis bien : à cause du soleil — qui avait coloré son teint plus rouge que celui des Fayot rouges et décoloré ses cheveux, plus blonds que les avoines mûres..... Au demeurant, M. Henri avait une honnête figure, avec des yeux bleu pâle comme une fillette et un petit sourire malicieux sous la moustache presque blanche.

M. Henri expliqua complaisamment qu'il était venu pour rencontrer le fermier des Moulins qui voulait vendre un cheval à M. le comte. Mlle Clémence osa demander des détails sur le cheval et sur le fermier ; le jeune homme osa les donner en examinant Jeanne Fayot à la dérobée.

Or, Jeanne était en beauté, ce jour-là. C'est à peine s'il lui restait, de son émotion récente, un petit cerne autour des yeux. Elle avait une robe de toile rayée bleue et blanche avec un grand col blanc, la robe qui mettait le mieux en valeur son teint clair. Quand le jeune homme fit mine de s'éloigner et seulement alors, Mlle Clémence, qui n'était pas très au fait du protocole mondain, dit à Jeanne, en manière de présentation :

— C'est M. Henri Rougé, le nouveau régisseur de M. le comte du Banneret.

Puis, sans donner à la jeune fille le temps de placer un mot :

— Vous aurez bien sûr affaire avec le père de cette demoiselle, Firmin Fayot, des Tilleuls.....

M. Henri devint plus rouge encore, sa moustache en parut, par contraste, plus pâle. Il murmura quelques mots de politesse, en bredouillant un peu, puis s'éloigna prestement.

Une minute, Mlle Clémence le regarda, ensuite, ayant tourné sur elle-même comme une grosse toupie, elle se retrouva dans le magasin. Triomphante, elle prit le bras de Jeanne et l'entraîna dans la cuisine.

— Ça y est, dit-elle, ils se sont vus!..... Eh! dis qu'il est bien, M. Henri, ma petite chatte? (Ce n'était plus Mlle Constance, c'était Jeanne Fayot qui était la petite chatte)..... Monique, si j'avais pu vous faire signe de venir..... Enfin, vous le verrez bientôt..... Les demandes ne tarderont pas..... Songez qu'il vient d'entrer chez M. le comte du Banneret avec dix-huit cents francs fixes, sans compter tous les avantages qu'on a, dans ces places-là..... Et un garçon rangé, doux comme une fille..... Sa mère le dit à qui veut l'entendre..... D'ailleurs, il n'y a qu'à le voir. J'ai connu tout de suite que Jeanne lui plaisait..... Faudra-t-il se presser pour le trousseau, ma petite Jeannette?

Mlle Clémence dit ces choses et beaucoup d'autres. Mlle Clémence parlait avec l'éloquence des gens qui veulent faire un mariage..... Avez-vous jamais vu sorte de gens plus éloquents?

Mlle Constance approuvait sa cadette par de petits signes de tête faits en mesure. Monique Fayot regardait Jeanne, et Jeanne regardait la pointe de ses souliers.

Enfin, ce fut « ma mère Monique » qui parla :

— Vous avez sans doute raison, cousine ; ce jeune homme doit être un bon parti, mais il faut l'attendre venir. Chez nous, tant que le père n'est pas avisé, rien ne compte..... Jeanne le sait bien..... C'est peut-être même un trop beau parti. Il ne faut pas se faire des imaginations, cousine, ni surtout en mettre dans la tête des jeunesses.

— Ta, ta, ta, répliqua Mlle Clémence — et ce : ta, ta, ta qui ne disait rien en disait long, — ce ne sont pas des imaginations, c'est la réalité. Je sais bien comme m'a parlé la mère de M. Henri. On veut marier ce jeune homme, et, à plusieurs lieues à la ronde, il n'y en a pas deux qui fassent son affaire, il n'y a que Jeanne.

Mlle Constance approuva de nouveau :

Jeanne releva la tête :

— Eh bien! mettez que je fasse son affaire, comme vous le supposez..... et s'il ne faisait pas la mienne?

— Tu plaisantes, dit Mlle Clémence.

— C'est impossible, dit Mlle Constance.

— J'en ai entendu parler par l'abbé, avoua Monique Fayot.

— Ah! Mais c'est vrai, riposta Mlle Rondeau aînée, l'abbé doit le connaître : le comte du Bannerêt est un peu parent avec les MM. Dudon de la Tannière.....

L'abbé Fayot, pour décharger sa famille des frais occasionnés par ses études, avait accepté un préceptorat de vacances chez ces Dudon de la Tannière. Les Demoiselles s'enquirent de l'abbé et de l'époque de son retour aux Tilleuls où il passerait quelques jours avant de reprendre ses études. Ensuite, Mlle Clémence revint longuement sur les mérites de son candidat.

Quand Jeanne et sa mère furent dans le sentier sous bois qui conduit aux Tilleuls, Monique Fayot demanda :

— Pourquoi as-tu parlé si raide aux tantes à propos du régisseur de Chanteloup?

Jeanne rougit, puis pâlit..... Elles arrivaient à cet endroit où, moins d'une année auparavant, Jacques l'avait attendue..... Un instant, elle demeura sans répondre, puis regardant sa mère :

— Vous le savez bien.

— Comment le saurais-je?..... Il ne faut pas se jeter à la tête des gens, comme serait tentée de le faire la cousine Clémence, mais Constance, qui est une femme réfléchie, m'a parlé de même. C'est un parti très sérieux, et il est probable qu'il s'adressera chez nous.

— Dieu m'en préserve!

— Mais enfin, pourquoi?..... Qu'est-ce qui te déplaît tant dans ce jeune homme?

Jeanne répondit par une interrogation :

— Vous ne voulez pas me garder aux Tilleuls?

— Nous te garderons tant que tu voudras, ma petite fille, mais voilà que tu cours sur tes vingt ans..... Si tu trouves ta place, pourquoi ne pas la prendre?..... N'as-tu pas manifesté le désir de te marier?

Jeanne ne disait plus rien. Toutes les paroles prononcées par Jacques sous ces mêmes arbres lui entraient dans le cœur pour le déchirer. Elle les laissait entrer.

Soudain, Monique Fayot devina cette souffrance. Elle se rapprocha de sa fille et tout bas, pas plus fort que la brise qui chantait sous les feuilles des bois :

— C'est à cause de Jacques II, dit-elle..... Mais, mon enfant, tu ne peux pas te marier avec Jacques II..... Tu ne voudrais pas te marier avec Jacques II, maintenant.....

— Maintenant, non, ma mère, je ne pourrais pas, je ne voudrais pas.....

— A cause de Jacques II, répéta ma mère Monique..... Mon

petit, cela te passera, il faudra que cela te passe..... Vois-tu, je n'ai jamais cru que ce projet fût réalisable.

— Peut-être bien, ce n'était pas réalisable.....

— Mais, ma petite enfant, tu ne vas pas t'entêter sur cette affaire..... tu ne vas pas briser ta vie pour ça..... Jacques II..... Pauvre, pauvre garçon!..... Il est tant à plaindre..... plus qu'à blâmer..... Mais tu ne peux pas même le regretter..... Songe à tout, songe, ma Jeanne, qu'il s'est franc moqué de toi avec son institutrice.

« Je n'en épouserai jamais d'autre, chantait la brise sous les feuilles du bois. »

Presque machinalement, Jeanne répéta :

— Je n'en épouserai jamais d'autre.....

Sa mère la regarda si tristement, avec un tel pli amer de sa lèvre laide, avec une expression si suppliante de ses yeux qui ont déjà vu tant de douleurs, que Jeanne eut envie de pleurer. Elle se contint pour expliquer :

— Quand j'ai vu Jacques prendre le mauvais chemin, je ne me suis pas crue déliée de la promesse que je lui avais faite, dans mon cœur..... J'ai senti mon âme liée à son âme, mon âme solidaire de son âme, mon âme presque pécheresse comme son âme..... J'ai souffert de son amitié brisée, j'ai souffert de son amitié portée à une autre..... Ai-je assez souffert, mère, ai-je assez souffert pour racheter notre faute?

Monique Fayot regarda encore sa fille..... Elle voulait se fâcher, mais elle savait qu'elle en eût fait autant.....

On n'entendit plus que la brise sous les feuilles et puis des cris d'oiseaux.

Le jour tombait. Ce n'était pas un jour gris d'automne, un jour de cristal, comme lorsque Jacques II avait parlé à Jeanne. Il faisait un temps d'allégresse.

.....La jeune fille ne demanda pas à sa mère de lui garder son secret d'amour. On ne demande pas de secrets aux mères..... Elles savent bien ce qu'il faut dire et ce qu'il faut taire..... La jeune fille écoutait toujours les paroles de Jacques II dites sous le bois et, contre toute espérance, elle espérait.....

X

— Nous n'avons pu suivre le cortège funèbre, nous venons vous offrir nos condoléances.

Raide, gourmé, ainsi parlait Germain Signol à Jacques II, tandis que les yeux fureteurs de Bernin furetaient.

— Vous êtes arrivés trop tard? demanda le jeune homme.

— Non, nous sommes arrivés à l'heure, mais nous ne prévoyions pas une cérémonie religieuse de laquelle nous avons dû nous abstenir, répondit le gros libraire.

— Nous sommes très surpris de la chose, vous sachant seul membre de la famille et vous connaissant, ajouta le journaliste à la voix peu harmonieuse.

— Je n'ai même pas pensé pouvoir agir autrement, dit assez froidement Jacques II.

— On a encore beaucoup de préjugés à Saint-Gilbert?

— Je ne l'ai pas fait pour Saint-Gilbert.

— Ah! Ah!

— Je l'ai fait pour le défunt.

— Vous pensez qu'il vous en sera reconnaissant?

— J'ai pensé que je devais cela à sa mémoire.

— Cela?..... Des mômeries de curé pour honorer un brave homme!.....

— Enfin, jeune homme, vous vous êtes cru obligé : c'est votre affaire..... Mais vous devez comprendre que l'incident fâcheux.....

— Fâcheux? Pour qui?

— Pour le Parti et pour vous-même. Vous affaiblissez l'un et l'autre.

— Je ne vous comprends plus.

— Nous vous comprenons moins encore. Retournez-vous de l'autre côté?

— Sur le chemin que j'ai quitté? Non ; c'est impossible. Jamais!

Le journaliste parut satisfait.

— Très bien, mon ami, dit-il, je ne m'attendais pas à moins...... Il faudra être raisonnable, montrer ouvertement avec qui vous êtes.

— Ma parole ne vous suffit pas?

— Eh! eh! Les paroles volent, les écrits demeurent.....

— La parole des Lefort est plus sacrée que n'importe quel griffonnage.

— Je n'en doute pas, mon cher collègue, je n'en doute pas..... Cependant..... Ecoutez-moi, jeune homme, comprenez-moi ; on meurt à tout âge..... Si un accident vous survenait, désirez-vous pour votre compte toutes ces bénédictions?

— Pour moi?..... N'en parlons pas..... Quand je serai mort..... et bien mort..... mort tout entier, ça m'est égal.....

— Il ne suffit pas que cela vous soit égal.

— Que vous faut-il de plus?

— Eh bien! mais ça ne fait pas mourir plus tôt de se mettre en règle. Si vous nous signiez une bonne petite déclaration de votre volonté sur ce point : enterrement absolument civil, crémation au besoin..... d'ailleurs, nous avons la formule consacrée..... Cela vous mettrait à l'aise, et nous aussi, vis-à-vis de l'opinion.

— L'opinion, je m'en moque!

Bernin sortit de son mutisme peu heureusement, comme de coutume :

— Il y a opinion et opinion..... Vous voyez de laquelle je veux parler.....

Jacques II, alors, les regarda bien en face. Il avait, le pauvre garçon, les traits bouleversés par trois jours d'angoisse et trois nuits d'insomnie. Il parlait d'une voix métallique, d'un ton agressif.

— Vous voulez que je vous vende ma liberté?

— Non, mais non, prononça encore Bernin, chacun est libre..... Pourtant, il y a une liberté vraie et une liberté fausse.

Signol, plus intelligent que son compère, alla droit au fait :

— Si vous reprenez votre liberté, nous aussi reprenons la nôtre..... Vous saisissez?

— Je saisis : certaines belles promesses s'évanouissent.....

— Sans doute, dit Bernin, si vous redevenez un calotin.

Jacques II, exaspéré, répliqua :

— Je redeviens un honnête homme si je refuse d'être un vendu.....

Signol le prit de haut :

— Il nous faut toujours venir ici si nous voulons entendre des paroles malsonnantes..... Je pensais que la maison ayant changé de maître, nous pourrions y rencontrer des intelligences moins voilées.

Cette hâte de déposséder à son profit l'aïeul qu'on venait de mettre en terre fit frémir Jacques II. Il se redressa de toute sa taille mince que la douleur avait courbée :

— Comment! La cendre de son foyer est encore chaude et vous dites que ce n'est plus chez lui! Si, Messieurs, vous êtes chez Jacques Lefort, chez l'ancien, chez l'homme libre, chez l'homme droit, chez l'homme de cœur..... Vous êtes encore chez Jacques Lefort que j'ai tué, mais avec les armes que vous m'avez placées entre les mains en me disant : Marche! Avance! N'aie pas peur!..... Ah! vous n'êtes plus chez Jacques Lefort?..... Mais est-ce qu'il ne va pas rentrer tout à l'heure pour nous chasser tous?.....

D'instinct, Jacques II avait parlé comme aurait parlé le brigadier, et cela lui fit du bien..... Mais quand les deux Viretaysiens du Parti l'eurent laissé seul, tout le désespoir des jours précédents rentra dans son cœur.

Cette cérémonie du matin qu'ils venaient de rappeler lui devint plus présente qu'au moment même où il la suivait sans une larme. La douceur des psalmodies du prêtre le pénétrait, mais il ne voulait pas goûter cette douceur. Le calme religieux de l'assistance, visitée par la pensée de l'au-delà, l'enveloppait comme un manteau de paix, et il arrachait ce manteau..... Certes, non, il ne retournerait pas prier un Dieu auquel il ne croyait plus, parmi des fidèles qui le regardaient comme un démon..... Les gens du Parti n'avaient rien à craindre..... Mais ceux-là, ses amis de quelques jours, plus que tous, il les méprisait.....

Comme Jacques II relevait la tête, il vit son image dans la glace de l'armoire. Cette image l'effraya :

— C'est cela, Jacques II?..... C'est moi, cela?..... J'ai l'air d'un fou..... Et je le suis, sans doute..... Tous doivent le dire ; ceux de ce matin et ceux de ce soir..... C'est cela, ma figure?..... Qu'est-ce donc que mon cœur?..... La conscience d'un assassin, c'est noir..... La conscience d'un parricide..... Alors, je m'en irai dans la vie, traînant ce remords?..... Je m'en irai peiner pour me gagner du pain..... Puis un jour, je trébucherai, moi aussi, sur la tombe..... Et comme tous, je goûterai le repos de l'anéantissement.....

Cet appétit de repos que nous avons au fond, tout au fond de nous-mêmes, l'envahissait, le torturait comme une faim mauvaise. Volontiers, il en eût crié.

Ce soir, dans la maison close de l'ancien, Jacques II n'était troublé que par ses propres pensées et les reproches muets des choses. Les choses sont meilleures que les hommes : la maison de Jacques Lefort lui était accueillante, encore qu'un peu sévère.

Le lendemain serait plus dur pour l'imprimeur du *Tribun*. Il avait gaspillé le plus clair de son avoir pour fonder une maison très peu solide qui tomberait certainement dès que le Parti cesserait de l'étayer. Mais ce lendemain était-il inéluctable?

L'infernale pensée d'en finir avec l'existence se présentait au jeune homme comme une résolution prise depuis plusieurs jours et qu'il fallait suivre maintenant.

Tout en cherchant son revolver, tout en vérifiant la charge de l'arme, Jacques II se livrait à une joie farouche.

— Oui, j'étais bien fou..... Je puis me le donner, le repos. Je n'ai pas besoin de l'ordre du prêtre : « Sortez de ce corps, âme chrétienne », a-t-il dit à Jacques Lefort..... Moi, je ne peux plus croire ; je n'en ai pas besoin. C'est une délivrance..... et puis, c'est une justice : j'ai tué, je dois être tué..... Le vrai Jacques Lefort peut encore reconnaître son sang..... Je ne suis pas un lâche.....

Et puis ce bel enthousiasme tomba, mais la résolution sanglante demeurait.

Jacques II avait posé l'arme toute prête sur la table de sa chambre, la table Henri II qui lui venait de son père, l'adjudant Lefort. Il voulait se remémorer des stances criminelles qui lui avaient chanté, jadis, la volupté de la mort volontaire, de la mort très douce, pour fuir la vie très dure.....

Pas une seule phrase, pas un seul vers ne chantait dans sa mémoire ; seulement, très loin, il entendit le son d'un flageolet : quatre notes grêles et guillerettes qu'il n'aurait pas remarquées à tout autre moment..... Il passa la main sur son front brûlant. Il se souvint qu'il avait vingt et un ans depuis dix jours.....

Le flageolet continuait sa chanson, sa chanson qui venait du côté des Tilleuls.....

Le souvenir de Jeanne était latent dans l'âme de Jacques II. Il lui revint si violemment que le jeune homme saisit son arme..... et la reposa.....

— La voir! seulement la voir avant de s'en aller!

C'était fou..... Jacques II s'étreignit la tête à deux mains pour calculer si vraiment c'était fou, puis, lentement sans lever les yeux, il étendit le bras droit pour sentir l'acier meurtrier sous ses doigts. En cet instant, une main serra son poignet. Un homme était devant lui qu'il n'avait pas vu venir et qui s'empara du révolver..... Il y eut entre eux cinq minutes de silence, de ces minutes qui ne veulent pas couler. Puis Jacques II s'écria :

— Vous!

— Oui, moi, mon ami.

— Vous chez Jacques Lefort!.....

— Moi sous le toit de Jacques Lefort, parce que Jacques Lefort m'a permis d'y revenir.

— Lui? dit Jacques presque insolemment.

Paul Dubois ne parut pas s'en apercevoir. Il parlait avec un accent de fermeté douce qui contrastait avec le ton saccadé de son ami d'autrefois.

— Lui, reprit-il, quand il est resté seul avec le prêtre. Il a permis..... je me trompe : il a demandé que je revienne.

— Jacques Lefort, le maître de la maison, n'est plus, vous le savez bien.

— Sans doute, j'aurais voulu venir prier pour lui pendant ses obsèques : je n'ai pas pu. Dieu a permis que vous laissiez toutes portes ouvertes et que j'arrive quand il fallait.....

— Dieu? murmura Jacques II avec l'un de ces rires qui sont des sacrilèges.

— Oui, Dieu qui vous voyait et qui vous plaignait, puisqu'il a eu pitié.....

Jacques, qui était resté assis devant Paul Dubois debout, se leva et fit quelques pas dans la pièce en demandant :

— Vous n'allez pas me suivre toujours?

— Non, mais je m'en irai d'ici sachant qu'il est inutile de garder, que votre conscience seule vous gardera.

...s voulez entreprendre un sermon : c'est cela qui est inutile..... Vous manquez d'arguments pour me convaincre. Vos idées sont belles ; malheureusement, elles n'ont aucune base. J'ai étudié la question sérieusement. Ne nous leurrons pas : la matière seule existe, et quand on est las de la matière, on en finit!.....

Comme avait fait un jour ma mère Monique, presque aussi affectueux qu'une maman, le maître de forge força Jacques II à s'asseoir, et, patiemment :

— Vous savez que la matière seule existe? commença-t-il.

Jacques, violent, lui coupa la parole :

— Oui, je le sais, et je me demande pourquoi vous, le croyant, le jeune époux, l'homme heureux, vous venez insulter à ma tristesse avec votre joie, à ma lâcheté avec votre blessure glorieuse..... Laissez-moi!

— Tout à l'heure.....

— Rendez-moi mon arme.....

— Plus tard.

— Il y en a d'autres, et si vous vous opposez, tant pis pour vous!

Le petit-fils du brigadier se levait. Paul le maintint de force à sa place, et, les yeux dans ses yeux, revenant au tutoiement des jours de leur amitié, demanda :

— L'as-tu pleuré?

— Hein? Qu'est-ce que vous racontez? Je ne suis pas une femmelette..... Je lui fais justice.

— Non, tu lui fais injure..... Connais-tu ses derniers mots?

— Je n'ai pas besoin de les connaître.

Et Jacques II frissonnait, et il regardait de tous côtés, comme si l'ombre de l'aïeul allait surgir dans le soir qui venait.

Paul Dubois n'avait pas desserré son étreinte. Il sentait les mains de Jacques II brûlantes et remuantes dans ses mains.

— Alors, voilà ce qu'ils ont fait de ton cœur, les malheureux!

— Oui, ils ont tué mon cœur, ils ont tué mon âme, ils ne m'ont laissé que mon corps : une guenille dont je veux débarrasser le monde..... Laissez-moi!

— Je ne te laisserai pas : je t'aime.....

— Il n'y a pas de raison..... Je vous hais.....

— Il y a beaucoup moins de raison.....

— Je vous hais parce que vous êtes heureux.

— Et moi, je t'aime, Jacques, parce que tu es malheureux.

— Que cela ne vous inquiète pas..... Il n'y en a plus pour longtemps..... Je n'ai pas voulu jouer la comédie tout à l'heure, mais suivre une résolution ferme..... Rendez-moi mon arme, et puis allez prévenir les autorités..... Je vous dirais bien vers qui va ma dernière pensée.....

Jacques ferma les yeux, puis ajouta :

— L'amour d'un suicidé lui serait une injure..... Elle verra bien que je n'ai pas voulu en épouser une autre.....

Paul Dubois reprit :

— Tu ne joues pas la comédie, Jacques..... tu joues gros jeu : ton éternité!

— Un petit speech sur l'enfer à présent..... Oh! ça ne prend plus!

— Malheureusement, ça ne prend plus!..... Il fut un temps pour toi où « ça prenait ». Pourrais-tu me jurer, sur la tête chère de celle dont le souvenir te poursuit, que tu fus, depuis, plus libre, meilleur et plus heureux qu'alors?.....

— Je ne suis ni libre, ni bon, ni heureux..... Mais qu'importe! Le passé est mort..... L'avenir m'empoigne.....

— Quel avenir?

— Le néant!

— Tu n'es pas sûr.....

Jacques II essayait de se dégager. De grosses gouttes de sueur tombaient de son front.

— Non, je n'en suis pas sûr..... Aucun homme vivant n'est sûr : le néant ou l'enfer..... Mais, si c'est l'enfer, j'y cours!

— Doucement, mon garçon..... Tu sais : il y fait très chaud..... Oblique un peu..... puis retourne-toi..... S'il y a un enfer, il y a un ciel, et puis, entre les deux, la terre où nous devons vivre, où il fait bon vivre parfois.....

— Oui, parfois ; oui, pour vous, pour ceux qui sont nés sous une étoile avantageuse, pas pour moi..... Vivre? Pour quoi? pour jouir? Je ne suis ni assez riche, ni assez corrompu pour certaines jouissances..... Pour aimer dans le devoir? Tout, entendez bien, tout me sépare de celle que j'aime..... Vivre pour être heureux et misérable? Non! Il n'y a qu'une solution.

— Certes, il n'y en a qu'une bonne.....

Paul Dubois l'ayant laissé libre, Jacques II demeurait sans faire un mouvement..... Il avoua son irrésolution :

— Mais c'est Satan qui vous a conduit jusqu'à moi..... J'étais décidé, c'était fait : Jacques l'ancien était vengé et Jacques II purifié..... Vous êtes venu..... et voilà que j'hésite..... Je suis pris de vertige entre deux abîmes..... La vie..... Je ne veux pas y rentrer..... L'éternité, je n'y croyais plus..... et j'y crois..... Non..... je ne suis pas converti..... Je ne suis pas convertissable..... Je ne veux pas croire..... et je crois..... Est-ce que c'est d'être rentré dans l'église de ma première Communion, de ma dernière Communion?..... Est-ce que c'est l'âme de Jacques Lefort qui revient près de mon âme et la sollicite?

— Oui, sans doute : c'est l'âme de Jacques Lefort et c'est la grâce de ton Dieu!

— Non, c'est impossible..... Je ne puis pas..... Je suis trop fier pour changer d'existence, pour changer deux fois..... Hélas! Le passé ne meurt pas. Le mien m'étouffe, le mien me pousse..... Vous avez vu le fond de mon âme ; assez d'une humiliation! Cette âme même, vous ne l'aurez pas.....

— Je ne l'aurai pas pour moi ; je l'aurai pour le Christ et pour la France..... Je l'ai promis à Jacques Lefort.

— Jamais! Vous ne l'aurez pas!

— C'est ton orgueil qui parle, pas ton cœur!

— Oui, c'est mon orgueil qui parle, c'est mon orgueil qui triomphe, c'est mon orgueil qui me damne!..... C'est lui qui m'a mené hors du bon chemin où j'ai fait chavirer ma foi.....

— La foi, tu l'as toujours.....

— Je ne l'ai pas.

— Tu mens!

— Je ne veux pas l'avoir, avoua Jacques II qui n'avait jamais péché contre la vérité.

Puis, confiant avec son ami comme aux jours anciens :

— Vous voyez bien que je ne puis pas. Vous voyez bien que Dieu ne voudra jamais d'un renégat comme moi..... Et quel gage auriez-vous de la sincérité de ma conversion? Je suis allé, puis venu, puis retourné..... Non, quand je le voudrais, je ne pourrais pas.....

— Quand tu le voudras, tu pourras.

Cette voix de Paul Dubois cessait peu à peu d'être extérieure pour Jacques II. Elle lui semblait l'écho de sa conscience..... et c'est à la voix intérieure surtout qu'il répondait :

— Quand je le voudrais.....

Oui, quand je le voudrais..... Ne me torturez pas davantage. Je sais bien..... Quand je voudrais..... Je sens que je suis à la fin de la lutte et que c'est Dieu ou Satan qui vaincra..... Je croirai, si je veux. Chez moi, ce n'est pas le cœur qui est gâté, mais la tête..... Je suis allé bien loin de l'autre côté, par entêtement et par pose..... J'avais commencé d'y aller par lâcheté..... J'ai tué mon père ainsi..... Un pas de plus, je tue mon âme..... Le ferai-je?..... Le ferai-je pour l'éternité?.....

Paul Dubois s'était éloigné un peu..... Il cherchait des yeux, dans la chambre du jeune homme, le Christ qu'il y avait vu jadis, mais il n'y avait plus de crucifix ni d'images de sainteté chez l'imprimeur du *Tribun*..... Cependant le maître serrurier qui n'avait pas besoin de ces signes extérieurs pour voir, avec sa foi, le Seigneur Jésus accueillant comme aux jours de sa vie en Judée, lui criait merci pour Jacques II. Il invoquait

Notre-Dame pour Jacques II..... Il parlait à Dieu du prodigue en regardant Jacques II. Il l'entendit murmurer :

— Oh! La vie unie! La vie toujours pour la même cause et pour la même foi..... La vie comme la vôtre, si je pouvais renaître, je la mènerais..... Je ne puis pas.....

Paul Dubois acheva tout haut son oraison :

« Il y a plus de joie au ciel pour un pécheur qui fait pénitence que pour quatre-vingt-dix-neuf justes qui n'ont pas besoin de pénitence. »

Les paroles divines, les paroles qui sauvent tombèrent sur Jacques II, frappèrent Jacques II.

Ce n'était plus le maître-serrurier qui parlait, c'était le Maître. Aucune des paroles humaines que Paul Dubois avait arrachées à son cœur d'homme n'avait le charme de ces paroles-là. Dans l'âme de Jacques II, elles en éveillèrent d'autres, endormies depuis longtemps, endormies, mais non point mortes, car la parole de Dieu ne meurt pas.

A son accent d'amour, Jacques II reconnut celui qui parlait, celui qui, tel le Père du prodigue, lui ouvrait les bras.

Alors il n'hésita plus ; il laissa la grâce triomphante pénétrer à flots dans son âme, arroser son âme, noyer son âme, sa pauvre âme que Satan avait enchaînée.

Il n'hésita plus..... Il s'approcha de Paul Dubois et solennellement, comme au soir de sa première Communion :

— Je crois, dit-il, tout ce que Rome enseigne et je m'attache à Jésus-Christ pour toujours.....

Puis, retombant épuisé sur un siège, pour la première fois depuis la mort de Jacques Lefort, Jacques II pleura.

FIN

429-14. — Imprimerie P. Feron-Vrau, 3 et 5, rue Bayard, Paris, VIIIe.

Imp. Paul Feron-Vrau
3 et 5, rue Bayard
PARIS

www.ingramcontent.com/pod-product-compliance
Ingram Content Group UK Ltd.
Pitfield, Milton Keynes, MK11 3LW, UK
UKHW022032170726
13837UKWH00002B/545